セピア色のノートから

きいちの詩的青春記

高階杞一
Takashina Kiichi

澪標

本書を拙作を愛してくれた亡き山田兼士に捧ぐ。

セピア色のノートから

きいちの詩的青春記

＊目次

装幀　森本良成

セピア色のノートから

きいちの詩的青春記

「詩芸術」の頃　①清水哲夫

まだ詩を書きはじめた頃、気に入った詩を大学ノートに書き写していた。著名な詩人のものが多いが、詩誌の投稿欄で見かけた詩なども書き写している。今でもときおりそのノートをのぞいてみることがある。あの頃はこんな詩に惹かれていたんだと、なつかしく当時のことがよみがえってくる。

今回からはじまるこの連載では、そのノートをめくりつつ、思い出されることなどを書いていきたいと思う。結果、詩的青春記のようなものにでもなればと思っているのだが、さてどうなるか。

＊

詩を書きはじめた頃は、多くの人がそうであるように、いろんな詩誌に投稿していた。今から四十数年ほど前のこと。

投稿欄のある商業詩誌としては、現在もある「現代詩手帖」「ユリイカ」「詩と思想」(現在のものとは内容がかなり違っていて、発行所も初期のものは㈲日本電通社となっている) などのほか、「詩学」「無限ポエトリー」などがあった。どれも初心者にはハードルが高く、投稿してもなかなか入選には至らなかった。ただ「詩芸術」という詩誌だけは初心者をあたたかく迎えてくれた。理由は簡単。この詩誌が投稿中心の詩誌だったからである。全体の七割ほどが投稿詩で埋められていた。さらに、今ではちょっと信じられないかもしれないが、作品が一から五までランク分けされていて、下へ行くほど字も小さく、余白も少なくなっていく。まさにピラミッド型のヒエラルキー。選者に認められれば一段ずつ昇段していく仕組みになっていた(「作品一」だけは編集同人によって占められているようだった)。

一九七四年から作品四と五は統合され、「一般投稿作品」という名称になった。さらにこの欄は東西南北に四分割され、投稿者の名前の前には都道府県名が附されていた。だから投稿者がどこに居住しているのかひと目で分かった。

今回、当時の本を見直していて、最後の方のページの上部がどれも四角く切り取られているのに気がついた。すっかり忘れていたが、これは「投稿券」を切り抜いたあとだと思い出した。

投稿するにはこの「投稿券」が必要で、なければ投稿できない。必然本を買うことになる。出版社の巧みな販売戦術だが、掲載されたい一心で本を買っては投稿していた。

当時（一九七四年前後）の本を開くと、今でも書き続けている人の名前が見える。日原正彦、秋亜綺羅（作品一）、小川英晴（作品二）、田中国男（作品三）、「一般投稿作品」では、松下育男、岩佐なを、清水哲夫、相沢正一郎、山本かずこ、葵生川玲らの名前が並ぶ（みんな投稿券を切り抜いて、せっせと送っていたんだ）。

そんな中から今回トップバッターとして取り上げるのは、清水哲夫さん。清水哲男の誤記ではありません。清水哲夫。現在は清水鱗造と名前を改められています（たぶん、清水哲男さんが一九七五年に『水瓶座の水』でH氏賞を受け、一躍名前が広まったため、混同されるのを嫌って改名されたのではないかと思われる）。

なぜこの人を最初に取り上げるかというと、冒頭の「ノート」に無名詩人（当時）の詩としては、最初にその詩を書き写しているからである。「一般投稿作品・東」に掲載された「無人駅」と「一頁」の二篇を書き写している。このうち「一頁」を挙げる。

外では霜が降りつつあった
湯気の中に静かな頁が

開かれていた
夕焼け色の時計は
レンズのような紙の上に
追憶も先に連なる灯りの列も
あることを知っていた
かすかな耳鳴りが
轍を被う

海面に消えてゆく吹雪となって
透明な剃刀が溶けてゆく
煙草を吸っている
炎えている掌が見えた

（「詩芸術」一九七四年七月号）

今見てもいい詩だなと思う。立原道造にシュールレアリスムの粉をふりかけたら、ちょうどこんな感じの詩になるのではないかと思われる。

この同じ号の同じ欄のトップには松下育男さんの詩も載っている（第一詩集『榊さんの猫』に収められた「椅子は立ちあがる」）。松下さんはH氏賞を受賞した第二詩集『肴』を読んで以来大好きになった詩人だが、この当時の自分は、松下さんのそうした奇抜な詩よりも、清水哲夫さんのこのような抒情的な詩の方に惹かれていたようだ。

「詩芸術」の発行所は株式会社芸術生活社となっている。発行者は御木白日《みきしらひ》。これだけではどういう出版社か分からないが、ＰＬ教団の外郭団体と言えば分かりやすい。一九六二年の設立で、会社概要には、「さまざまな出版活動を通して、人生を芸術する意義を社会に広め、世界平和に貢献することを目的としています」と書かれている。御木白日氏は二代目教主の長女（養子）で歌人。「詩芸術」はかなり前に廃刊になったようだが、会社自体は現在も存続し、出版活動を継続している。ちなみに、「詩芸術」自体には宗教的色合いはまったくない。だから最初のうちは特定の宗教と関わりがあるなんて思いもしなかった。

投稿を続けているうちに、常連になり、ランクも上に上がったためか、ある年の夏、全国的にも有名なＰＬ教団の花火大会に招待されたことがある。外からではなく、確か大阪・富田林市にある教団の敷地内から見たように思う。その日はあいにく雨だったが、大会は決行され、雨の降る夜空に向かって無数の花火が打ち上げられていた。火の神と水の神が天上でぶつかり合っているような、それは凄絶で、壮大な光景だった。
投稿していた日々からはるかに時間は流れたが、夏になり、各地で花火大会が行われる頃になると、あの日のことが頭に浮かぶ。雨の中、空を見上げていた自分の姿が浮かぶ。

（「びーぐる」34号 二〇一七年一月発行）

「詩芸術」1974年7月号

「詩芸術」の頃　②松下育男

詩を書くようになったきっかけは、恥ずかしながら、恋をしたからだった。これは今までにいろんなところで話したり書いたりしているので、ご存じの方も多いかもしれない。同じ大学の一年先輩の女性で、出会いは一九七二年、二十歳の時。こちらは一年浪人しているので歳は同じ。彼女の方も二年次にかなりの単位を落としたらしく、同じ授業を受けるようになり、それが出会いになった。

授業の合間や帰り道など、何かと口実をつけては近づく機会を作り、そうして話しているうちに、彼女が熱心に詩を書いていることを知った。参加している同人誌をもらって読んだりもした。たぶん内容についてはよく分かっていなかったと思うが、まだまだ幼稚さの抜けないこちらには、そんな詩を書いている彼女がとても大人びて見えた。

人は恋をしたら詩人になるとよく言われる。それは恋する気持が高まって、夢想家になるというような意味だと思うが、こちらはそんな感情の高まりで詩を書き出したわけではない。ただ単に、同じように詩を書けば振り向いてもらえるかもしれない、という不純な動機からだった。

大学に入った頃から小説や童話のようなものを書きはじめていたが、詩というのがどういうものかよく分からなかった。どう書いたらいいのか分からないまま、本屋で詩集や詩の雑誌を買い求め、見よう見まねで書きはじめた。

そうして初めて「詩芸術」に作品が載ったのは、書きはじめてから約一年後の一九七三年十二月号だった。自作が活字になったのもこれが初めてのことだった。「飢餓空間」という、宮沢賢治の作風を真似た観念的な詩で、今読むと、その前衛気取りの青臭さに気恥ずかしくなる。

次に載ったのが一九七四年四月号。この同じ号に松下育男の詩が載っている。「悲しめないのは」という四章からなる作品。長いので最初の一章だけを引用する。

窓枠があっての
窓だと思っていた

はみ出したら　そこが

窓の枠に
なってゆくんだと

あまり
淋しがっていると
淋しがる
ことの方が
時折ぼくを
感じることに　なる

窓枠を越えたら
だから
窓枠が光り出す

まだ理屈が先走っているようなところはあるが、ここにはすでに特異な角度から物事を捉えようとする彼独自の詩法が見て取れる。自分の拙い詩と比べると、出発の時点からして才能の違いを痛感させられる。

当時の本がすべて揃っているわけではないのではっきりしたことは言えないが、この号以前には彼の名前が見えないので、たぶんこちらと同時期に彼も投稿を始めたのだと思う。この年の六月号以降は号が飛ぶことなく揃っていて、七月号以降、彼の詩は毎号載るようになる。タイトルだけ挙げていくと、「椅子は立ちあがる」（七月号）「指」（八月号）「建築物」（九月号）「足」（十月号）「くちびる」（十一月号）「心配」（十二月号）「鮫」（一九七五年一月号）「猫」（同二月号）と続いて、終わる。

これらの内、「椅子は立ちあがる」「建築物」「鮫」「猫」の四篇が第一詩集『榊さんの猫』（一九七七年刊）に収録されている。ちなみにこの詩集のタイトルは、作品「猫」の中の「榊さんの足もとに／猫が死んでいるのを／見た」というフレーズから採られているのだが、初出の「詩芸術」では「中原さんの足もとに」となっている。なぜ中原さんを榊さんに変えたのか分からないが、初出のまま載せていたら、詩集名は『中原さんの猫』となっていたことになる。

収録を見合わされた作品もそれぞれおもしろく、中でも特に惹かれた一篇を挙げる。タイトルは「足」。

夜

私の足が抜けたのは
彼に帽子かけを贈るためではなかった
のに
帽子かけにする
と
苦笑いを
くるんで
彼は
膝でふたつ折りにした足を
小脇に
帰った

さかさになって
壁を深く
穿《は》いている

夢をみた

それからずいぶんと経って、松下さんと東京の居酒屋で飲んだ時、なぜ早い段階で投稿をやめたのか聞いたことがある。彼の答えは、「なかなか上に上げてくれないからイヤになっちゃって」というようなことだった。それを笑いながら聞き流したが、今こうして投稿作品を調べると、投稿期間はわずか一年弱。それを知っていたら、一年ではそりゃあ無理でしょ、と笑いながらツッコンでいたのであったが。ちなみにこちらがひとつ上の作品三に上がるまでには三年ほどかかっている。これは遅い方かもしれないが。

もうひとつ、彼が投稿をやめたのは、この年から始めた同人誌があり（「グッドバイ」）、そちらの方に発表の場を移したことが本当の理由かもしれない。

第一詩集の翌年には早くも第二詩集『肴』が刊行され、これによって第29回（一九七九年度）H詩賞を受賞する。ちょうど清水哲男や荒川洋治など、戦後詩とは一線を画す詩人が登場してきた時代で、彼は若い世代の旗手として脚光を浴びることになる。まだ詩の世界の片隅で細々と投稿を続けていたこちらは、その活躍を眩しく仰ぎ見ていた。

そんな彼と手紙などを通じて交流するようになったのは、たぶん八十年代の半ば頃ではなかったかと思う。出たばかりの詩誌や詩集を送り、その礼状をもらったりし、そのうち電話で話をしたりするようにもなった。しかし実際に会ったのは、それからずっとあとのことだった。

当時、一度だけ会う機会があった。出張か何かで上京した折、こちらから会えないかと電話をしたんだと思う。でも都合が悪いとの返事で、そのあと彼はこちらの住んでいる所を聞いた。当然こちらが大阪府在住だと知っていると思い、市の名前の「茨木《いばらき》」と答えたら、「それじゃ、いつでも会えますね」と言った。彼は関東在住なので、いつでも会えるって変だなと思いつつ電話を切った。切ってしばらくしてから、「茨城県」と勘違いしたんだと気がついた。

ちょうどその頃から彼は、少しずつ詩の世界から遠ざかりつつあった。そして第三詩集『ビジネスの廊下』を一九八八年に出したあと、ぷっつりと表舞台から消えた。それから十五年の時を経て、『きみがわらっている』という詩集を二〇〇三年に出すが、まだ復活したとは言えず、このあともしばらく沈黙は続く。完全復活を遂げるのは、二〇〇五年に阿部恭久、佐々木安美と三人で出した同人誌「生き事」からになる。この創刊号で彼は「火山」という二十八ページにも及ぶ長編詩を発表している。今までの沈黙をいっきに爆発させたような作品だった。

それから四年後の二〇〇九年二月に、僕たちは初めて顔を合わせることになる。新宿の居酒屋で待ち合わせ、こちらが入って行くと、先に来ていた彼が立ち上がり、「やあ、高階さん」と笑顔でいきなり握手を求めてきたのには驚いた。初めて会ったのに初めてのような気がしなかったのは、手紙などを通したそれまでの長い交流があったからだろう。

この飲み会を契機にして、ふたりで「共詩」という共作の詩を作り、発表することになる。本誌六号（二〇一〇年一月刊）に発表した「空から帽子が降ってくる」という作品が一作目で、それから同十二号（二〇一一年七月）に発表した「トマトの女」まで九作続けて、終わった。まだもう少し続けるつもりで十作目にかかりはじめたが、完成しなかった。途中から彼がまた沈黙の世界に入ったからだった。それから六年の時を経て、今ようやく復活の兆しが見えてきつつあるが……。

松下育男という詩人にとって、長い沈黙は、詩的エネルギーをたくわえている期間であるのかもしれない。

（「びーぐる」35号二〇一七年四月発行）

『空から帽子が降ってくる』

「詩芸術」の頃 ③岩佐なを

版画家でもある岩佐なをさんも「詩芸術」に同時期に投稿していた人である。一般投稿欄に載っていたときは、前号の松下育男さん同様、ほとんどその存在を知らなかった。それが、こちらと歩調を合わせるように作品三、作品二へと昇段して行くにしたがって、その詩を意識して読むようになった。

氏がいつから投稿を始めたのか、今回調べてみたら、一九七六年十二月号の新人欄にその名が見えた（一般投稿欄の下位に、初めて投稿した人専用の新人欄というのが設けられていた）。僕が初めて載った時からちょうど三年後。岩佐さんは三つ年下なので、歳で言えば同じ歳（二十二歳）の時に載ったことになる。

このときの筆名は岩佐直。次のような作品だった。

おもいやり
なぐりあい
同罪ね

夜店でみつけた
猫のおめん
誤解しっぱなし
理解しっぱなし
同病

猫のおめん
誰が買ってくれたっけ

ねぐりぢぇ
ひげそり

同情しちゃう

（「不満人」前半）

詩としてどうかはともかく、語調がおもしろい。のちの氏の特徴を示す言葉も所々に見られる。「同病」「ねぐりぢぇ」、そして後半に見られる「あたしは夢みる乙女」といったフレーズ。岩佐作品を意識して読むようになったときの印象は、「何とも不気味な詩を書く人だなあ」というものであった。死や性（特に少女）の描写が多く、おどろおどろしい世界が展開されていた。これは初期からの特徴だと、今回確認できた。

次の一九七七年一月号には岩佐直人という名前で「訣別」という詩を投稿している。岩佐直人は本名。「おれは／先にゆくよ／墓場にいってみるよ」と早くも「墓場」が出てくる。次の二月号には岩佐又平という名が出てくる。これが岩佐さんだと断定はできないが、「神奈川」という在住地と、「彼の／すべらかな首に／紅い舌這いまわり」（「嫉妬」）といったフレーズから、まず本人だと言って間違いないだろう。そして次の三月号でまた岩佐直の筆名に戻る。掲載された作品「誕生」は次のように始まる。

わたくしは

ねっとりと紅い月の晩
母のはらを割って
悲鳴をあげた罪のいきもの

ひゅるひゅると
臍の緒を奏でて
女性喜劇序曲の
音頭をとった愛のばけもの

徐々に不気味さがエスカレートしていくといった感がある。

作品はほとんど毎号載り、五月号に至ってやっと今と同じ「岩佐なを」という筆名になる。

それにしてもなぜこのようにコロコロと名前を変えたのだろう？　自分が筆名を使ったのは、本名で発表することの気恥ずかしさがひとつの理由だったが、彼の場合、本名で発表したりもしているので、少し理由が違うようだ。本当の理由は本人に聞く以外にない。

一九七八年三月号より作品三に昇段する。初投稿から一年ちょっと。こちらは三年ほどかかっているから、それに比べたらかなり早い。同じ欄になったことから、その詩を意識して読むようになった。当時の詩から特徴的なフレーズを拾い出してみる。

あなたは沼の岸辺から立ちあがり
靄たつ菖蒲のひとむれをよこぎって
墓場の坂をのぼってくる

（一九七八年四月号「沼精　――T・S氏に」より）

をんなごのみたまは
爪でうすいがらすを軽打して
お　おむかえでございます

（一九七八年五月号「肉霊分離」より）

たしかに
地上には
地獄からの
すきま風が

入りこむ
夜があるらしい

（一九七八年六月号「階段」より）

とまあ、こんな調子で、ぼくの岩佐詩に対する印象は、最初に書いたように「不気味」という言葉で定着していった。強烈な個性を感じたが、自分の惹かれる詩とはタイプが違い、深く魅了されるということはなかった。そんな中、強く惹かれる一篇に出会った。そして、それを「ノート」にコピーして貼り付けている（最初のうちは書き写していたが、この頃にはコピー機でも買ったのか、コピーして貼り付けるようになっている）。「古墳群」と題された次のような作品。長いので二、三連目を省略します。

陽
が消える
眠りに就く
蒲団は小高い丘の上に敷かれている
小高い丘には多くの人が眠っていた

（中略）
肉殻を脱けた
散歩がどんなに気楽なものか
赤松林を下ると
真っ黒な桑畑に真っ暗な道がのび果てる
ゆきつけば　古代　か
眠る人を尋ねる小径が
葉脈のように発達している夜更けだ

墓は築かれたときから
発かれる運命にある
永遠の眠りであろうと
つかのまの眠りであろうと
覚めて知る口腔のにがみは
あえて哀しい

あくる朝の枕許に
聖い丘から
異時代人の食器を
盗んでいたこと
わたしが自身で
知る

——本庄市大久保山で

ここにも墓は現れるが、その墓は古墳。これまでのような不気味さはなく、むしろさわやかにさえ感じられる。そして、はるかな古墳時代の情景が目に浮かんでくる。

この詩が「詩芸術」の何年何月号に載ったのか、一九七八年六月号以降の本がないので分からない（探せばどこかにあるとは思うのだが）。ただ、作品二と記されているので、たぶん一九八〇年以降の作品ではないかと思う。

不気味さは多少薄まっては来たものの、それでも死や性にまつわる描写は続く。岩佐さんの版画を見てもそうだが、ビアズリーの絵や泉鏡花の小説のような幻想的、耽美的な世界に魅かれるところがあるのかもしれない。

初めて会ったのは、松下育男さんに会ったのと同じとき。二〇〇九年二月、新宿の居酒屋でのこと。このとき、岩佐さんは「生き事」の同人になっていたので、その関係で同席することになったのだと思う。初期の詩の印象があり、また雑誌などで顔写真（ちょっといかつい）を見ていたので、会う前から少々緊張していたが、会ったらそんな事前のイメージは消し飛んだ。柔和で寡黙な人だった。でもその柔和な顔の底には今も、不気味な世界の残り火が灯っているように思われた。

（「びーぐる」36号 二〇一七年七月発行）

「詩芸術」の頃　④木野まり子

これまで同人誌をいくつか出してきた。最初が「パンゲア」。一九七六年三月創刊で、創刊同人は椎名由紀・小寺敦子と自分の三人。二人を誘った経緯はよく覚えていないが、たぶんその頃参加していた岡山の小説と詩の同人誌「礎」に詩を発表していた二人に注目し、誘ったのだと思う。どちらも若く（当時椎名は十八歳、小寺は十七歳）、小寺は「詩芸術」の常連でもあった。二人ともすぐれた詩を書いていたが、残念ながら今は詩から離れている。

この詩誌はガリ版刷りで、ロウ紙に鉄筆で文字を切り、それを謄写版で刷っていた。刷り上がった用紙を二つに折り、それをホッチキスで留め、本の形

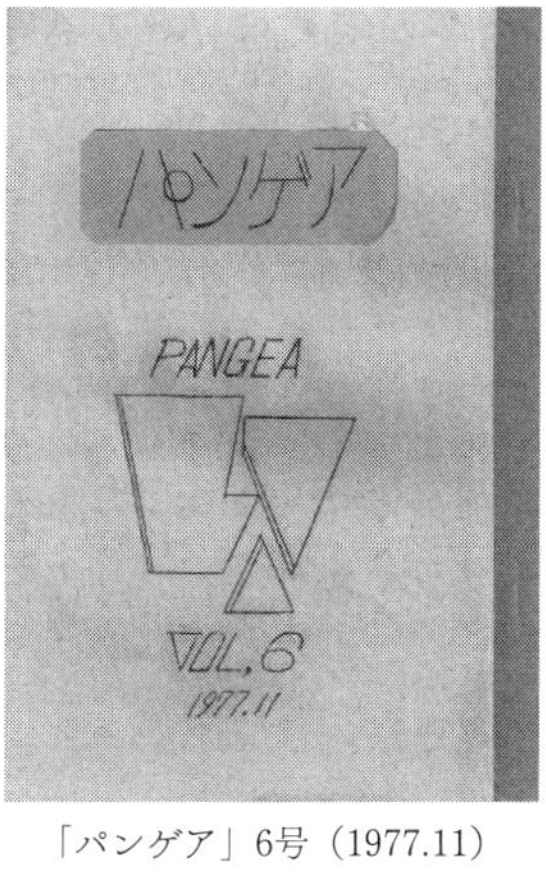

「パンゲア」6号（1977.11）

にしていくという、今から考えると怖ろしく手間のかかる作業だった。しかしこの当時、金をかけずに冊子を作ろうと思えばこの方法しかなかった。学校などでの印刷物も全てこのガリ版刷りだった。小学生の頃、文集作りなどではよく先生を手伝った。思い出すと今でも黒いインクの匂いがよみがえってくる。

2号からは活字印刷になっている。これは当時出はじめたばかりの日本語タイプライターを購入したことによる。ロウ紙にタイプライターで文字を打ち込み、それを謄写版で刷る。手間はさほど変わらないが、見栄えはずいぶんと良くなった。

このタイプライターはかなり高額だった。当時の自分の給料（勤めはじめて一年目）の三分の一以上はしたような気がする（今の値段に換算したら八万円ぐらい？）。しかしこれはかなり長い間活躍してくれた。ワープロ専用機に切り替わるまでの十数年お世話になった。

このタイプライターにはまた忘れがたい思い出がある。

ある日、二人の刑事が家にやってきて、タイプライターを見せてくれと言う。何事かと思っていたら、グリコ・森永事件の捜査の一環だった。グリコ・森永事件と言っても今では知らない人が多いと思う。一九八四年と八五年に起こった菓子への毒物混入事件で、犯人が脅迫状を作るのに同じタイプライターを使っていたという。それにしてもどうして自分がそれと同じタイプライターを持っていると分かったのだろう。買ってから十年以上経ち、その間に二度も引っ越しをしているのに、と不思議に思いつつ、警察の捜査力に驚いたものだった。幸い誤認逮捕などされず、刑事はタイプライターをちょっと見ただけで帰っていった。ちなみにこの事件は未だに未解決のままである。

話が横道にそれたので元に戻します。

「パンゲア」は一九七九年六月、10号で終刊とし、その同じ年の十二月に新しい詩誌「青髭」を出している。これは木野まり子との二人誌で、終刊までずっと二人だけだった。

木野まり子と言っても今は知らない人が多いかもしれないが、当時の「詩芸術」において異彩を放っていた人だった。ほかに類がないと言えるほど、その詩は個性的だった。まずは一篇紹介します。タイトルは「プログラムⅠ」。

100ｍを彼は14秒2で走りぬけたのだけれど
女の子はかけぬけきれないで100ｍのリボン
首をつながれている　のだろうかな　海だわ
海だわ　って騒がないで　あきあきするくら
いだわ青空　青い空　そらぞらしい空　秋空
ＬＰの100ｍをブルウに傷つける誕生石《ダイアモンド》がすり

きれるって　ホントウよ　貧しいわ　貧しい
のに　貧しいって　まぶしくなるように女の
子を育てないで　午後からからまるフィルム
のなかのゆれている秋桜を3000㎞　母を訪ねて
ときどきドキドキなの　ふとどきなの　テエ
プレコオダアで声をぬすまれたとき　テエプ
を胸で切ってしまった彼の秋波　片目の猫
月夜にまっさかさま　忘れられてゆく忘れて
ゆくひとときの　どぎまぎまぎらわしいシイ
ツのしみを返して　寄返しの波でなみだでゆ
れるあきらめがキラキラ消えてゆく夜を3.3㎡
魔法のジュウタン　飛べ飛べ飛べなくても
会いたいので　出会いたいので　愛が痛いの
で　センセイに　あ　永久歯でかみしめてい
る100ｍの伝言を　走って走って　ピッタリの
決勝地点　100点の満天の星だわ　流れてるわ

父の血がチカチカ近すぎるのあたしたちの血
100ｍくらいではスウプだってさめませんね

（「詩芸術」一九七五年一月号）

どうでしょう？　語呂合わせが多用されているが、単なる言葉遊びに終わらず、連想ゲームのように次々と時空が飛躍していく。おもちゃ箱をひっくり返したように言葉が散乱する中、百メートル走という競技を背景に、思春期の少女の思いが巧みに描かれている。

この一篇だけ見ても、木野まり子という詩人の独特な世界が分かっていただけるのではなかろうか。

こうした詩を通して彼女に注目し、「パンゲア」終刊後、いっしょに同人誌をやりませんかと誘うことにした。それにしてもどうして彼女の住所が分かったのだろう？　「詩芸術」には投稿者の住所など載っていないし、商業詩誌の住所録にまだ無名の彼女の住所が載っていたはずもない。編集部に問い合わせたのだろうか。今のように個人情報の保護がうるさく言われていない時代だったので、案外気軽に教えてくれたのかもしれない。何はともあれ住所を知り、彼女に手紙を出した。返事は諾だった。

そうして一九七九年十二月に「青髭」を創刊した。その年の暮れも押し詰まった十二月二十九日に早くも東京・池袋で会っている。そのときの互いの印象を2号でそれぞれ書いている。一部を引用します。まずは木野まり子から。

「きちょうめんな手紙を書く彼はきまじめで無口で夢病む胸に〈青髭〉をかくし持っているきわめてひそやかな話し方をする。我ここにあらずといった顔であたしを何かのまちがいのように発見してとまどっている。」

一方こちらは次のように書いている。

「酒の席で彼女はよく飲みよくしゃべり、ネコをかぶって重たくなった私を救ってくれた。目の前の彼女はもちろん「広い空の真ん中でひとり困り果てているような少女」ではなかったけれど、誰からも離れ一人詩に向かう時、やはり彼女はそんな少女に戻っていくのだと思う。」

とまあ、こんな感じで初対面を果たし、それから年に数回はこちらが上京した折などに会うようになった。そのうち二人だけでなく、互いの詩友たちも呼び、飲み仲間の輪も広がっていった。そんな中で特によく会っていたのは、山本かずこ・岡田幸文夫妻。岡田さんは当時「詩学」の編集者だった。この辺りのことはまた後日書くことになると思うので、ここでは省くこ

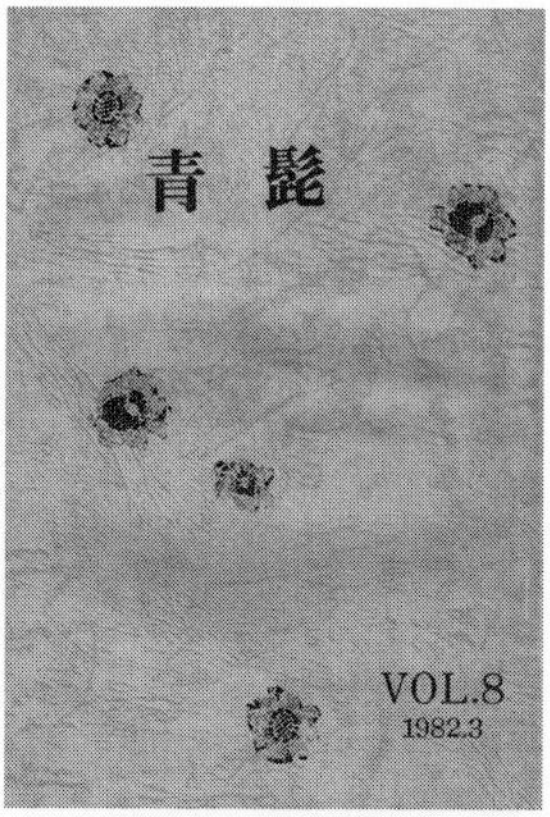

「青髭」8号（1982.3）

とにする。

「青髭」は一九八五年七月発行の18号で休刊となる。これは主に五月女素夫《そとめそふ》と前年から新しい詩誌「スフィンクス考」を出し始めたことによる。彼と出会ったきっかけは、たぶん山本・岡田夫妻の紹介だったと思う*。

ぼくの詩のどこが気に入ったのか、何度か会う内、彼はいっしょに詩誌をやりたいと言い出した。こちらは「青髭」をやっていたので、「青髭」に参加するように言ったのだが、彼はそれに承知しなかった。まったく新しい詩誌をやりたいと言う。その熱意に根負けをして、前述の「スフィンクス考」を出すことになった。これは一九八四年五月創刊。やり始めたのはいいけれど、負担は大きい。両誌とも原稿の入力から編集作業まで一人でやっていたから体力的にもきつかった。さらに、この頃は他誌からの原稿依頼も増え、戯曲の賞を受けたことで戯曲を書いたりもし、生業も含めて多忙を極めていた。一年ほど両誌の発行を続けたが、限界を感じ、どちらかをやめる決断をせざるを得なくなった。結果、「青髭」の休刊という形になった。自分の考えでは両誌の統合、つまり「青髭」を終刊にし、木野

「スフィンクス考」7号（1986.8）

さんに「スフィンクス考」に入ってもらうという案を考えていたのだが、これも五月女の同意を得られなかった。それでは「青髭」の延長のようになるというのが彼の反対理由であった。木野さんの方も「青髭」を続けたいという意志があり、休刊二年後の一九八七年六月に19号を出した（名前は「青ひげ」と髭を平仮名に改称）。そしてこれが実質「青髭」の終刊となった。その後、一九九〇年八月に木野まり子の個人誌として「青髭」は（通し番号の20号として）復活する。しかし、それはもう元の「青髭」とは全く別のものだった。

木野さんとはその後も上京の折などに会って、みんなと一緒に飲んだりしていたが、少しずつ疎遠になっていった。復刊「青髭」は手元に23号（一九九一年十二月）まである。それ以後発行されたのかどうか分からない。

ここで少し木野まり子のプロフィールを記しておきます。

年齢は確かぼくと同じ（昭和二十六年生まれ）。出身は熊本県。詩集は自分の知る限り二冊。一冊目は柚城儷という人との合本詩集（私家版）。木野さんの詩集名は『夢旅行』。発行日は一九七四年三月一日。発行所（印刷所）は熊本市のコロニー印刷となっているので、この頃まではまだ熊本にいたのではないかと思われる。ぼくが初めて会った一九七九年十二月には東京の板橋区に住んでいた。

二冊目の詩集は、一九八六年十月、詩学社より出ている。詩集名は『カンカン照り』。ほとんどが「青髭」に発表した作品から選ばれている。その中から一篇紹介します。

目が止っている
理髪店の鏡の中で

外光を寄せつけないハサミが
あたしを刈りこんでいく

いくつになっても
かたちの悪い生きもの

サラダって貧血している気がする

白衣の下は錆びついたゼンマイと歯車
そんな昼下りの舌先を

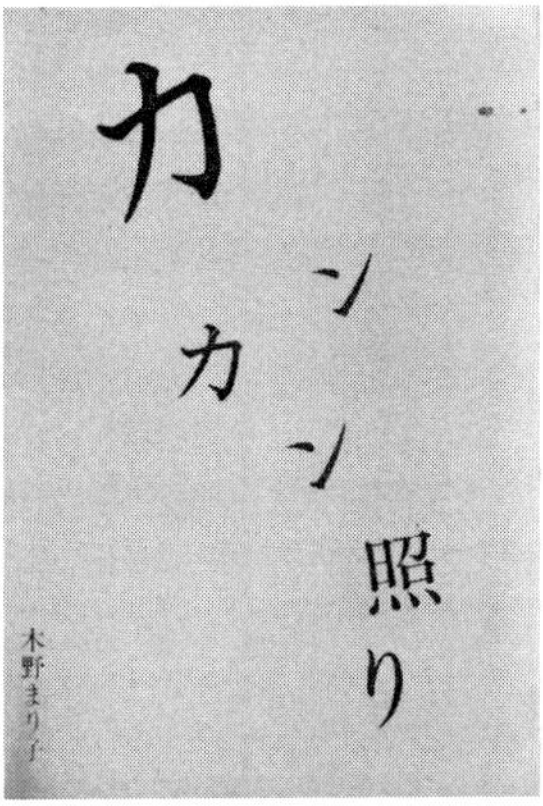

木野まり子詩集『カンカン照り』

荷馬車が通っていく

目の下から影になった草食の
村の理髪店で両手に
ナイフとフォークを持たされている

おいしく食べるための静寂
血の通っていないあたしは
サラダに刈りこまれていくめまいを冷くして
鏡の中の時間を
目で動かしてみる

（「刈りこみサラダ」全）

木野さんと会わなくなってもう二十年ほどになる。詩誌などで詩を見かけることもなくなった。今はどこにいるんだろう。まだ東京にいるんだろうか。それとも故郷の熊本に帰ったのだろうか。今も元気でいるだろうか。そして、今も詩を書き続けているんだろうか……。

（「びーぐる」37号二〇一七年十月発行）

【附記】

＊この記憶は誤りで、二〇二二年十一月に空とぶキリン社から刊行した『五月女素夫　詩選集』の栞を書く際、五月女素夫に確認したところ、木野さんが彼に「青髭」を送り、それを見た彼が僕の詩を気に入り、一緒に同人誌をやりたいという旨の手紙を僕に送り、それが出会うきっかけになったとのことだった。

「詩芸術」の頃 ⑤山本かずこ

同じ頃「詩芸術」に投稿を始めた人に山本かずこがいる。前号で取り上げた木野まり子とはまったくタイプが違う。木野の詩が言語の奇抜な組み合わせによって構築した夢想空間だとしたら、山本の詩は現実を舞台にした抒情詩だと言える。また、木野の詩が少女性を帯びたものだとすれば、山本の詩は官能性を帯びたものだと言える。と言っても性的なことを直接書いているわけではない。詩の行間から女〈性〉がにじみ出ているような、そんな詩だと言える。そしてこれこそが山本かずこという詩人の最大の魅力となっている。これまで出た詩集のタイトル、『愛の力』『リバーサイド　ホテル』『愛人』『失楽園』『愛の行為』などを見ても、性愛へのこだわりが窺える。

これは詩を書きはじめた頃からの特徴だろうか？

彼女の詩が「詩芸術」に最初に登場するのは一九七四年七月号で、ここでは「山本和子」という筆名（本名？）になっている。次の八月号では「山本かず子」という筆名に変わる。同じ名前の詩人がほかにもいるので断定はできないが、作風からしておそらく彼女の詩に間違いはない。このあと一年近く間をおいて、一九七五年五月号に「山本かずこ」という現在の筆名で再登場する。「十月の告発」と題された次のような作品。

ホットドッグは　しょっぱすぎて
あたしは　あなたの顔ばかり
眺めていた
十月の風は　膚寒く
腰を下ろしたベンチに
マッチをすり
ほんのひとときを
炎の中に過ごした
戒厳令の公園には
再び暗い夜が充満し
退屈しはじめた　あたしたちは

罐蹴りをして　遊んだ
誰ともなく　歌いはじめた
いんたぁなしょなるは　やがて
東京中を占拠し
ぶよぶよした　機動隊の
その鈍感な肢体が
奇妙に　揺れ動く
（中略）
じゅらるみんに　向かっていった
あたしの足に
ブーツがはかれ　足早に十月を
通りすぎてゆこうとする
この十月
十月の風が告発する
おまえの位置を明確にしろ
おまえの位置を明確にしろ

あのとき　捨ててしまった
ホットドッグは　いま
どこにあるのだろう

書かれたのが一九七五年だから、もう七〇年安保闘争の激しく燃え盛った時期は過ぎている。「戒厳令」など戦後の日本では一度も布かれたことがないので、これは思い違いか、それとも政府の強硬な姿勢に対して批判をこめてわざとそうしたのか、どちらか分からない。後半の「おまえの位置を明確にしろ」という書きぶりからは六十年代に登場した詩人や石原吉郎の影響なども見て取れる。

これは安保闘争のさなかにいた頃の思い出と重ねて現在の心境が書かれているのだろう。それにしても、山本かずこの詩でこのような政治に触れたものは珍しい。ただ主題は政治ではなく、あくまでも「愛」である。安保闘争下の炎と愛の炎を重ね、そしてその熱く燃えていた愛の終わりを、捨ててしまったホットドッグに重ねて描かれている。

このあと彼女の作品は毎号載るようになる。そしてこの年の十二月号には作品三に昇段している。投稿を再開してからわずか七ヶ月。異例の速さである。質の高さが認められた結果だろう。

作品を通してだけ知っていた彼女と、やがて実際に会うようになる。初めて会ったのはいつだったか。古い日録を調べたら、一九八一年一月二十八日池袋で、となっていた。ちなみにその二日前には藤富保男さんと会い、その翌日には荒川洋治さんと会っている。どちらも初対面だから、この上京時に一度に三人の詩人と顔を合わせたことになる。

それはともかく、彼女とはどんな所でどんな話をしたのかまったく覚えていない。ただ初対面の印象は覚えている。物静かで上品な大人の女性という感じを受けた。

彼女と会うきっかけになったのは、本欄二回目に書いた、僕を詩に導いた女性で、当時妻となっていた江嶋みおうが一九八〇年五月に創刊した「愛虫たち」という詩誌の創刊同人に山本かずこがいたことによる。江嶋は山本の詩に惚れ込んでいて、詩誌を立ち上げるに当たって同人参加への熱烈なラブコールを送ったようだった。そういうこともあり、上京時に会うことになったのだと思う。

これ以降、頻繁に会うようになる。会う時はたいてい夫で「詩学」の編集者でもあった岡田幸文が一緒だった。この年（一九八一年）の八月には二人が

「愛虫たち」創刊号（1980.5）

大阪の我が家に来て泊まったりもしている。こちらも上京時には何度かお宅に泊まらせてもらっている。

そんなふうにして八十年代には本当によく会っていた。年に二回から三回ぐらいは会っていた。そしてその飲み会の席にはいつも何人もの同世代の詩人たちがいた。思い出すところを列挙すると、木野まり子、五月女素夫《そとめそふ》、中村不二夫、そして少し年齢は下だが「愛虫たち」14号（一九八四年）から同人になった木坂涼など。

先の日録には、「詩学社で発送の手伝い」などと何回か書いている。一宿一飯の礼に詩学社のお手伝いもしていたようだ。

こんなに親しく、頻繁に会っていたのに、九〇年代に入ってからは会うこともなくなった。最後に会ったのは、日録で調べると、一九九〇年六月三日（日）になっていた。これはH氏賞授賞式（日本の詩祭）の翌日。ほかに木野まり子、五月女素夫の名前も見える。次に上京した翌年六月五日の飲み会に山本かずこの名前は見えない。この時か、その次の上京時だったか忘れたが、木野さんから、山本さんは忙しいから誘わない方がいいと言われ、年に一回か二回ぐらいのことなのに変だな、と思いながらも、その言い方がかなり強い調子だったのでそれに従うことにした。こちらも生まれたこどもが先天的な難病を抱えていたため、上京する機会が減り、上京しても以前のように長く滞在しなくなっていた。さらにH氏賞受賞を機に新たな知り合いができ、彼らと会う機会が増え、上京時に会うメンバーも少しずつ変わっていった。そんな複合的な要素が重なって、疎遠になっていったのだと思う。別にケンカをしたわけではないので詩集や詩誌のやりとりなどはそれまで通りしていたのだが、それも少しずつ途絶えがちになり、やがて消息も知れなくなった。

山本かずこ

一九五二年一月高知市生まれ。第一詩集は『渡月橋まで』というタイトルで、一九八二年十月に刊行されている。二十代の初めから詩を書いてきたにしては遅い刊行だと言える。しかし、その分厳選した作品を集めた充実した内容となっている。その中から好きな一篇を紹介します。

夏休み

淀川では
風は彼岸から吹いていた
飛び去ってゆく飛行機の白いボディを
いくつか見送ったあとも

やっぱり風は彼岸から吹いていたので
わたしたちは
土手にはえた二本の草木になってしばしの間揺れることをした

どちらからともなくした接吻は
今が最高の時だったからだ

8月の大阪
土手を離れたわたしたちは
そのあとひまわりの花を見た
ひまわりの花を見て
ソフィア・ローレンの映画
「ひまわり」について語り合えたのもやっぱり
今が最高の時だったからだ

この詩は前述した一九八一年八月に二人が大阪市内の我が家に泊まりがけで来た時に作られ

たものだと思う。家のすぐ近くに淀川が流れていて、泊まった翌朝にでも二人で土手まで散歩に行ったのだろう。

山本は「今が最高の時だった」と書いている。四人の関係もまたそのときが「最高の時」だったのかもしれない。ディスコでだったかカラオケでだったか、岡田幸文がはちきれんばかりに踊っていた姿なども懐かしくよみがえってくる。

人はいつまでも同じ所にいることはできない。時の流れとともに、それぞれがそれぞれの道を運命のように歩いて行くしかない。

（「びーぐる」38号 二〇一八年一月発行）

【附記】
岡田幸文はこの文章を書いた二年後の二〇一九年十二月九日に食道癌により亡くなった。享年69。詩を愛し、詩を広めることに情熱を注いだ人だった。

「詩芸術」の頃　⑥安浪雄嗣

そうして
毎日毎日
見えない船をながめながら
彼女は編物をした
あの人のために　ひと目
その裏に　自分のためにひと目と

編物が出来あがると
どこにも飾らなかった
船が帰らなかったので

坂をおりて
あの人の墓に着せに行った

（『薔薇結婚』「船」全）

かつてこんな詩を書いていた詩人がいる。

「アンパンマン」でおなじみのやなせたかしが出していた「詩とメルヘン」という投稿を中心とした商業誌で、第五回詩とメルヘン賞（一九七九年）を受賞した安浪雄嗣《やすなみゆうじ》という詩人。受賞を機に発行元のサンリオから第一詩集『美しい船』（挿画・葉祥明）が出ている。やさしさと悲しみが綯い交ぜになった作風で、少年詩の世界で人気を博していたが、今ではほとんど忘れられた存在となっている。

この詩人の名を最初に知ったのは、前号でも触れた「愛虫たち」という詩誌だった。一九八〇年五月の創刊で、創刊同人は江嶋みおう・山本かずこ・岩木誠一郎・黒木美鈴・安浪雄嗣の五人。実質的な編集発行人であった江嶋みおうが自分の気に入った詩人たちを誘っての出発だった。

江嶋がどこで安浪の詩を知ったのか知らずにいたが、今回、それが「詩芸術」であることが判明した。

次号は誰を取り上げようかと、古い「詩芸術」をパラパラとめくっているとき、目の端に彼の名前が飛び込んできて驚いた。「詩とメルヘン」の詩人という思い込みがあったので、現代詩の「詩芸術」に投稿していたというのは意外なことだった（今回ネットで検索したら、「現代詩手帖」にも投稿していたことが判明した）。

見つけたのは一九八一年の四月号。作品三に名前が挙がっていた。前にも書いたが、一九七八年七月号から一九八一年三月号まで欠落しているので、彼がいつから投稿を始めたのかは分からない。ただ一九七八年六月号以前には名前が見えないので、それ以降の投稿であるのは間違いない。

さらにこの号の同じ作品三欄に前述の岩木誠一郎や黒木美鈴の名前も見える。このことから江嶋は山本かずこと同様、「詩芸術」の投稿者から気に入った詩人に狙いを定め、同人に誘ったということが明らかになった（こうした経緯は、当時、江嶋から聞いていたかもしれないが、記憶にはまったく残っていない）。

投稿時期が同じなら、自分と同じ掲載欄の人間を意識するが、時期が五、六年も離れると、下の欄の投稿者まで意識が働かない。ちなみに、この一九八一年四月号をもって自分は「詩芸術」から卒業している（投稿をやめたという意味です）。そんなわけで安浪雄嗣も岩木誠一郎も「詩芸術」に投稿していたということに今まで気づかなかった。

この号に掲載された安浪の詩は次のようなもの。長いので前半（全体の三分の一ほど）だけ挙げる。

恋鬼

どうしてすぐ来なかった
私はもう死んでしまった
そちらに行けずに
今私はここでひとり泣いている
やがて私の頭からながい穂が出ると
さわさわと青い草は鳴る
荒地を旅する者よ
聖なる木の実のなる聖なる山
それは何処にあるか
大風《おおかぜ》の日　そこで
私は逝ったのだった

再会までの形見にと
櫛をくれた
そしてわたれない橋を渡っていった
忘れるほどの恋ならば
忘れたままでいい
私はもう人ではないのだ

「詩とメルヘン」の詩とはかなり趣が違う。どこか不気味さの漂う雰囲気は、前に取り上げた岩佐なをさんの世界と似ている。詩の出来としては全体に固く、また甘く、それほどいいとは思えない。しかし、言葉の造形力は巧みで、特に次のラスト数行にはその独創性がよく表れている。

折々、人のかたちに風が起こると
忘れられない恋を思い出した
雨また雨
水は元の私にかえっていく

つかのまこの世をぬらして……
だからわが名を海といい
生涯他人の船を浮かべている

「人のかたちに風が起こる」や「つかのまこの世をぬらして」、「わが名を海といい……他人の船を浮かべている」といった詩句に独自の発想がある。また「海」と「船」は彼の詩によく出てくる単語で、キーワードとも言える。

次に「愛虫たち」に発表された詩を号を追って見ていこう。

創刊号には「お墓の春秋」「幸福童子」「歌入因果経」の三篇が掲載されている。

死ぬためにある命を
ささぐ　青空ではない空にむかって

なわとびの縄は
首を吊るためだけのもの
ではなかった

（「お墓の春秋」より）

化粧おこたるその罰は　無間三十六地獄
（「幸福童子」より）

お顔第一電話は二番　お墓待つ間《ま》のうき身の命
（「歌入因果経」より）

どの詩にも〈死〉や〈墓〉が現れ、そうした世界への嗜好がうかがえる。

二号には「大ひまわり」「墓地遠足」「脱げたハイ・ヒール」「横顔」の四篇を発表。ここでもやはり不気味さを帯びた〈死〉が描かれている。「夕焼が　まっかな／はらわたをひろげている」（「大ひまわり」）「兄さん。／この棺の中にわたしをいれてくれますか。／そっと両手両足を曲げて／まるで、この世に生れた時の形で。」（「墓地遠足」）等。そして、四篇目の「横顔」を見て驚いた。何とそこには「敬愛してやまぬ岩佐なを氏に。」という献辞が記されている。これを見て、やはりそうだったのかと合点した。似ていると思ったのは偶然ではなく、彼は先行する岩佐詩に惹かれ、意識しつつ書いていたのだった。ただ当然のことだが、二人の詩がまったく同じというわけではない。岩佐詩が死や性を描くことにより耽美的な世界を構築しようとしているのに対して、安浪詩には死への恐れ、逆に言えば存在そのものへの不安が根底にあるように感じられる。詩の中に登場する少女は、そんな自身を救う女神のような存在に見える。例えば次のような詩句からもそれがうかがえる。

すべてが闇のようだった
何もかも暗がりにのみこまれ　かすかに
光って見えるから愛とわかるだけだった

（三号「海の椅子」）

三号以降にも相変わらず〈死〉や〈墓〉が出てきたりするが、不気味さ、おどろおどろしさは少しずつ希薄になっていく。五号では「安浪雄嗣のファンタジイ・ランド」と題して「詩とメルヘン」に発表しているような詩が七篇掲載されている。六号は休載。七号（一九八二年四月）は「舞踏詩篇」と題して五篇発表している。喪失感が全体を被い、五篇目の「風車」は次のような詩句で終わっている。

靴を忘れ
愛する海を忘れ
突然の風にまわった。

いつの日か
風ぐるまの
まっさおな車輪の跡を体に残して
死ぬのかもしれない。

そしてこの詩を最後に、「愛虫たち」から安浪雄嗣の名前は消える。八号（一九八二年八月）のあとがきで江嶋みおうは彼の脱退について何も触れていない。のちに同人の誰かが脱退するときには、そのことをあとがきで触れているから、この時は意図的に書かなかったとしか思えない。理由は分からないが、何らかの事情があったようだ。

これ以降、彼の消息はつかめない。断筆したのか、それともどこか別の場所で書き続けていたのか分からない。

「詩とメルヘン」に発表していた感傷的で甘やかな詩と、「詩芸術」や「愛虫たち」に発表していた〈死〉を扱った不気味な詩と、見かけは違っても、両者は一体不可分のものであるように思える。心の奥深くにある後者の世界と、その上澄みとも言える前者の世界。その両方を吐き出すことによってかろうじて精神のバランスが保たれていたのではなかろうか。

ここで彼のプロフィールを少々。

一九五三年生まれ。生地は不明だが、「愛虫たち」五号（一九八一年八月）までの住所は奈良県大和郡山市となっている。六号（一九八一年十二月）の住所は埼玉県新座市に変わっている。どういう理由による転居か分からないが、この転居が、ひょっとしたら詩から離れていったことと関係しているのかもしれない。

詩集は三冊。『美しい船』（一九八〇年六月）『薔薇結婚』（一九八一年八月）『星のオルゴール』（一九八三年十二月）。いずれもサンリオから出版されている。

どれもすでに絶版になっていて入手困難だが、何編かが合唱組曲になり、今もコンクールなどで歌われている。

最後に好きな詩をひとつ紹介します。シンプルで美しい。

春の水平線

朝

空は
白い雲で機《はた》を織っている

海の見えるアパートで
いつも朝いちばんに
水平線を見た

まだ　悲しむほど
人生は知らない
のんびりと
トーストの平野にバターをぬる
船のけむりだけを残している春の水平線
テーブルには
まだスプーンがひたったままのスープ

スープの水平線が少しゆれている
晴れているテーブルのむこう
鷗《かもめ》が低く空を舞っている朝

(『美しい船』より)

(「びーぐる」39号 二〇一八年四月発行)

詩への旅立ち　①初期詩篇

以前にも書いたが、自分の詩が初めて雑誌に載ったのは「詩芸術」に投稿した「飢餓空間」という作品だった。一九七三年十二月号に掲載され、これがいわゆるデビュー作だと言える。しかし初めて書いた詩ということになれば、それより一年ほどのちに発表した「海からの便り」という作品になる。自分を詩の世界へと導いた女性への想いを綴った詩で、それが一作目となるのはまあ当然といえば当然のことだった。当時の創作メモを見ると、一九七二年十一月作となっている。

甘ったるく、稚拙で、今から見ると気恥ずかしくなるようなものだが、この詩が自分の詩作にとって出発点となるものだから、あえてここに記すことにする。

海からの便り

——不思議なる人に

「季節外れの島の坂道を昇りきると　後はもう降りる外なかったことを
私はやっと知り始めたようです」

僕たちは遠くを見つめていた
互いの瞳に互いはなかった
けれど　確かに同じ遠くを見つめていた
水平線の　そのまた遙か向こうを

僕たちはトンビの唄を聞いていた
言葉は既に消えていた
けれど　確かに同じ唄を聞いていた
雲の切間　フッと見つけたモデラート

僕たちは……
そう　僕たちは今そうなんだ
そうなんだ　そうなんだと繰返し
繰返し紅葉が海を染めていた

幾重にも世界は紅く埋もれ
舟の音や汽車の音に
潮騒もやがて掻き消され……

僕たちは同じように吐息を吐いた
同じようでありながら
もはや同じであるはずがない
そうだ　ここはもう海ではない

ここは薄明かりの喫茶店
冷めた珈琲に

過ぎた「今日」が揺れている
疲れきった言葉は
不協和音を創り出し
宙ぶらりんに白けるばかり

もう何もかも元のまま
何ひとつ変わっていない
同じことなどなにもない
昨日と同じ二人であった。

それじゃぁ「今日」は
徒労?
そうじゃない　そうじゃないんだと
ぐっと「今日」を飲みほした

沈黙が肩を並べて歩き出す

言葉は頭を駆け巡り
やっと　ひとこと〈サヨナラ〉
後は全て　喉の奥に悶死した。

振り向くと
トンビが一羽
海に溺れかけている

（一九七四年「近畿文芸誌」十月号投稿欄掲載）

これは彼女と初めてデートしたときのことを歌ったもので、最初に出てくる「島」は和歌山市の西沖合にある友ヶ島のこと。戦時中、日本軍の要塞があった島で、砲台跡などが残り、観光スポットとなっている。大阪の天王寺から電車と船を乗り継いで二時間半ほどで行ける。最初のデートになぜこんな場所を選んだのか今では思い出せないが、たぶん観光ガイドの本などを見て気に入ったのだろう。

デートと言ってもまだ付き合っていたわけではなく、恋が始まろうとしていたわけでもない。彼女には交際している男性がいたし、こちらの一方的な片思いに過ぎなかった。そんな関係の中でのデート。一緒に過ごすことができた喜びと、それ以上には進展しないつらさが綯い交ぜになった内容となっている。

詩として見た場合、当時愛読していた立原道造の詩風が色濃いし、「喉の奥に悶死した」というフレーズなどは、学習誌の附録に載っていた安水稔和さんの詩「君はかわいいと」の中の「かわいいという言葉を／君のかわいい口にほお《ママ》りこみ／君のかわいい唇のうえから／しっかりと封印しよう／ぼくの唇で。／奴めきっと憤然として／君の口の中で悶死するにちがいない」の模倣だと言える。

何はともあれこんなふうな詩から詩の世界への一歩を踏み出した。このあと拙い恋愛詩の習作が一年近く続き（これらは岡山で発行されていた詩と小説の同人誌「礎」に発表）、前述の「飢餓空間」へと至る。百行以上に及ぶ長い詩なので最初の部分だけを引用する。

飢餓空間

——硝子の外で
待っている者たちへ——

（ドロドロと大地が溶けている

空間をベットリ彷徨って）
よろめき　よろめき　進む　進む
手
（唐棕櫚《トウジュロ》の狂舞
　腐った陽炎
　ユウラリ　ユウラリ）
《コワイネ
　ミニクイネ》
手の後からこっそりついて来るのは
顔
（ネズミの胃袋
　栄養失調のムンク
　ウウァ〜　ウウァ〜）
《コワイネ
　イヤダネ》

老人の手はすっかり愚痴を忘れ
子供の手は泥などに見向きもしない
男の手はもはや固く結ばれず
女の手は化粧をまるで忘れている
　（非常事態！
　脳は失脚
　本能は行為を整理する）
《手よ
　忠実なる部下よ
独裁者となって起ち上れ！》
（以下略）

「海からの便り」からわずか一年足らずでのこの変わり様は何だろう？　当時の創作メモには「第1次転換期→宮沢賢治の影響大」などと書いているが、今見ると、宮沢賢治だけではなく、大正末期の前衛詩の影響などもうかがえる。なぜこのような詩を書いたのか今では思い出せない。たぶん、書き始めの頃はいろんな詩を手当たり次第に読み、試行錯誤（と言えば聞こえはいいが、単なる模倣）を重ねていたのだろう。
　このような傾向の詩がしばらく続き、一九七四年の後半ぐらい（詩作の開始から二年後ぐらい）からやっと現在の詩につながるような柔らかな詩が現れてくる。例えば次のような詩。

月夜
――上高地にて

白樺の林の上に
今夜　月はしんしんと
真昼に仕舞いこんでおいた光を
静かに地上に還している
　ワスレタヒビニアエルヨウ
　ナクシタモノニキヅクヨウ……

月よ

おまえが　いつまでも
あまりに優しく歌うので
星たちも天に牙を剥けないし
狼もあんなに
哀しく吠えるのだ
　カグヤヒメヨホホーイ……
　カグヤヒメヨホホーイ……

（「詩芸術」一九七四年十二月号）

この詩については本誌17号杉山平一特集のあとがきで次のように触れている。

〈第一詩集を出す前に、杉山平一さんに収録候補の原稿を見ていただいたら、一つ一つの作品に○×を付けて返送されてきた。×のものはよく覚えていないが、○の付いたもので一つ、鮮明に覚えているものがある。……〉それがこの「月夜」という作品なのだが、そのあとがきの続きに書いたように、自分にはあまりに四季派の色が出すぎているように思われて、思案の末詩集から外すことにした。

まだ詩など書き出す前の高校時代、国語の教科書で三好達治の「甃のうへ」という詩を読み、感動し、それが詩作の原点となった自分には、四季派的な抒情から如何に脱却するかが初期の課題であった。そしてそのための悪戦苦闘を長きにわたり続けていくことになるのだが、それはまた後のお話。

今回はここまでにして、もう一篇、第一詩集以前の詩を記してこの稿を閉じることにする。

空《くう》

アラブではパレスチナの国家が生まれ
カリブでは強震
ギリシヤでは大統領が島に流され
カンボジアでは解放勢力が攻勢の構え
モスクワでは連続女性殺しが逮捕され
ボルチモアでは五つ子が誕生
ロンドンでは有名校が爆破され
パリでは全郵便局がストライキ
ハーグでは教会にゲリラが籠城し

太平洋ではむつがさまよう
そんな
窓の外では
隣のみけが居眠りし
明るい陽差しがころころころりん……
そうして
今朝も。

（「詩鉱脈」1号　一九七五年一月）

（「びーぐる」40号 二〇一八年七月発行）

詩への旅立ち　②詩作前夜

こどもの頃は漫画家になりたいと思っていた。

小学校の高学年から高校を卒業する頃までその夢は続いていた。最初はノートに人気キャラクターの絵を模写したりする程度だったが、高校生にもなるとケント紙や専用のペンを買ってきて、本格的にストーリー漫画を描きはじめたりもした。しかし、満足のいくものができず、少しずつ自分の才能の限界を感じるようにもなっていった。

高校に入った頃（一九六七年）から新たに夢中になるものが出てきた。それは音楽活動だった。その数年前からエレキブームが起こり、ベンチャーズを筆頭にシャドウズ、スプートニクスといった欧米のエレキバンドの曲がヒットし、多くの若者がエレキギターを持ってバンドを組むというような時代だった。自分もまた中学時代に買ってもらった生ギターをエレキギターに持ち替え、友人三人とバンドを作った。近くの公園の自治会館で練習し、自治会主催の夏祭りや母校の小学校のクリスマス会に呼ばれて演奏したりした。しかし、それも一年ぐらいの活動だった。

この時期の音楽の流行というのはめまぐるしく、エレキブームの次はグループサウンズブーム、そしてフォークソングブームという具合に数年ごとに（時期は重なりつつ）変わっていった。こうした移り変わりの中で、変わらずに続けていたのが歌作り（作詞・作曲）だった。こちらは加山雄三や荒木一郎といった当時出てきたシンガーソングライター（当時そんな言葉はなかったと思うが）に刺激されて始めたものだった。特に荒木一郎の曲や詞に魅了され、作っていた歌もそれに近いものだった。

当時の自作楽譜集を見ると、初めて作った歌は「星空の渚」というタイトルで、一九六七年五月となっている。出だしの歌詞は「君に好きだと云った　その夜は／星も優しく輝いて　二人をてらした」という陳腐きわまりないものだが、当時は陳腐とも思わず、歌詞というのはこういうものだと思っていたようだ。

何はともあれ、最初の曲からほぼひと月に一曲のペースで作り、一年後の八月にできた「春の日」（通算十六曲目）という歌をＮＨＫテレビの「あなたのメロディー」に応募したところ、意外にも入選した。電話で入選の知らせを受けたときは小躍りするくらいうれしかったのを覚えている（のちに聞いた話では、毎週五百曲ほどの応募があり、その中から五曲が選ばれるので、何と入選率は百倍！　まぐれと言うほかない）。

この「あなたのメロディー」という番組は素人の作った歌をプロの歌手が歌うという趣向の番組で、毎週一回、日曜日の午前中に放送されていた。かなりの長寿番組で、一九六三年に放送を開始し、一九八五年まで二十二年間続いたという（この中から北島三郎の「与作」やトワ・エ・モアの「空よ」などのヒット曲も生まれている）。「春の日」が放送されたのは応募の翌年一九六九年三月三十日だから、放送開始六年後に当たる。

番組には作詞・作曲者も出演することになっていて、この番組収録時のことは今でもよく覚えている。放送より三週間ほど早い三月四日。運悪く学期末テストの最終日だったが、担任に事情を話し、テストを早めに仕上げて教室を出させてもらった。しかし、さらに運の悪いことに、この日は全国的な大雪で、大阪から東京へ向かう新幹線が大幅に遅れ、会場（新橋駅近くのＮＨＫホール）に着いたのは本番直前だった。少しの打ち合わせをしただけで本番になり、舞台袖で緊張して立っていると、大きなホールに自分の作った歌がオーケストラの演奏で流れてきた。歌はシャンソン歌手の大木康子さん。歌詞の一番を記します。

「あなたのメロディー」収録風景

春の日　聞こえる
緑の樹々のささやく声が
春の日　聞こえる
雪解け水の流れる音が

ごらん　はるかな空に　浮かぶ雲を
ふわふわふわふわふわと　飛んでいくよ

春の日　めざめた
幼い二人の心のように

演奏された五曲の中から一曲が優秀曲に選ばれる。審査員は作曲家の高木東六、古関裕而、舞台美術家の朝倉摂、映画監督の篠田正浩という錚々たるメンバー（と言っても当時はそんなにすごい人たちだとは知らなかったが）。演奏後、高木東六さんと古関裕而さんからコメントを頂いた。どちらからも、「いい曲ですね」というお褒めの言葉を頂いたが、歌詞について、高木東六さんの言った言葉が印象に残っている。「ふわふわ過剰ですね。これだと冗談みたいになってしまいます。いくらでもできるんじゃない？　はるかに流れてとか、あそこがどうとか……。」この発言には会場から笑いが起こった。

当時、歌作りをする場合、曲が先行だった。できた曲にあとから詞を付けていた。作詞は苦手だった。そんな自分がのちに「詩人」という肩書きをぶら下げるようになるのだから人生わからない。

この「ふわふわ過剰」については、ちょうど同じ頃に「あなた　あなた　あなた」と繰り返す歌（矢吹健「あなたのブルース」）がヒットし、のちには「飛んで　飛んで　飛んで」と繰り返す歌（円広志「夢想花」）がヒットしたりするので、歌詞としてはまあこれもありかなと、今となっては思ったりもする。

このようにして、高校から大学時代にかけて、関心は漫画よりも歌作りの方に傾いていった。漫画の方は、大学受験で美大を受け、不合格になったのを機に完全に諦めた。歌の方は、その後、サンケイ新聞に当時あった「ヒットソングへの階段」というコーナーに三度ほど入選したりして、一時は作曲家になれるかも、などと本気で思ったこともある。作曲家であればピアノぐらい弾けなければならないと考え、一年間ほど習ったりもしたが、付け焼き刃ではどうにもならない。これまた自らの限界を知り、少しずつ熱も冷めていった。

ちょうどその頃、詩と出会い、話は前号の「初期詩篇」へと続いていくことになる。漫画から作曲へ、作曲から詩へと夢中になる対象は次々変わっていったわけであるが、最後の詩だけは、次に取って代わるものも現れず、現在まで続いている。詩を書き始めた頃は、これが一生の仕事になるとは夢にも思っていなかった。

大学を卒業して一年後（一九七六年）、歌との訣別を記念に自作をまとめたレコードを作ることを思い立ち、年初よりその制作にかかりはじめた。バンドはとっくの昔に解散していたので、演奏も歌も全て自分でこなさなければならない。そこでオープンデッキを二台買い込み、ダビングで音を重ねることにした。六畳一間のアパートで、せっせと吹き込んでいき、秋の終わりには録音完了。それを自主制作のレコード会社に持ち込んで、レコードができあがってきたのは年末だった。全十五曲入りのLPレコード。アルバムタイトルは「白い午後」。二百枚制作し、ほとんどは職場の同僚や知人に押し売り同然で買ってもらってさばいた。できた当初はそれなりに満足していたが、時間が経つにつれ、音も演奏も歌もすこぶるまずいのに気がつき、残った二十枚ほどは押し入れにお蔵入りとなった。

アルバム「白い午後」ジャケット

翌年、大阪大衆音楽祭というコンクールが創設されたという記事を新聞で見つけた。プロ・アマを問わないという。そこでレコードに収めた一曲を応募したところ、これまた運よく入選した。「あなたのメロディー」の時と同様かなりの倍率であったのではないかと思う。譜面と歌を吹き込んだテープでの審査だった。入賞曲は大阪フェスティバルホールで発表され、入賞した10曲ほどの中からグランプリを決め、レコード化もされるという。

入賞を知らせる電話があった時、自分で歌いますかと聞かれたが、ひとりでダビングして作ったものだから、物理的にそれは無理だった。それで主催者側が選んだ歌手が歌うことになった。音楽祭当日、会場で初めて耳にした歌はバンドの演奏にオーケストラを重ねたものだった。それは自分がアレンジしたものとはかなり違っていて、別の曲のようにも思えた。タイトルは「チョコレート・パフェ」。次のような歌詞です。

1
にっこり笑って君が「おいしい」と言った
あのチョコレート・パフェ
今日はひとり食べながら
思っています　君のことばかり

ひとけない喫茶店でひとり
ときどき笑ったりするものだから
さっきからウエイトレスが
ちらちらこちらを見ています

2

にっこり笑って君が「よかった」と言った
あのチャップリン
今日はひとり観に行って
思っています　君のことばかり

人がみな笑う中でひとり
涙を流したりするものだから
さっきから横の人が
ちらちらこちらを見ています

3
にっこり笑って君が「おいしい」と言った
あのチョコレート・パフェ
今日はひとり食べながら
思っています　君のことばかり

形だけの春が今　ガラス窓を駈けていく
甘いけれど　冷たさ残る昼下がり

作ったのは一九七四年四月。既に詩も書き始めていたので、さすがに初期の頃と比べると歌詞も進化している。

音楽祭の方は、結局、グランプリにはなれず、レコード化されることもなかった。そして、このはなやかな舞台が音楽活動の最後の栄光となった（余談ながら、第二回のグランプリ受賞者はやしきたかじんで、この受賞が歌手を続けていく上での転機になったと、彼が何かに書いているのを読んだことがある）。

前述した「あなたのメロディー」の入選曲「春の日」には後日談がある。

時は遙かに下って二〇一〇年十月二十五日。群馬県沼田市主催の童謡詩の賞・柳波賞の選考会を終えた帰り、いつものように新宿で在京の知人たちと飲み会をしたときのことだった。このとき二人の作曲家、角篤紀《すみあつき》さんと谷川賢作さんも参加していて、自ずと話題は作曲の話になった。プロの作曲家を前にして、つい酒の勢いで、自分も昔は作曲をしていたなどと話してしまった。「あなたのメロディー」に出演したことなども話し、帰宅後、お二人に当時の楽譜(NHKが編曲用に作成したもの)をお送りした。そうしたらすぐに賢作さんから礼状が届き、そこには次のように記されていた。

「なんと編曲が岩河三郎さん! こんど『まどさんフェスティバル』の会場となる『葉月ホールハウス』のオーナーは岩河悦子さんといって岩河三郎さんの娘さんです」

えー!っと、これにはあまりの奇遇に絶句した。葉月ホールと言えば、その「まどさんフェスティバル」に松下育男さんも出演し、そのとき賢作さんもピアノ演奏をすることを知っていたからだった。四十一年の時空を超えて、過去と現在が結びついた瞬間だった。まるで四十一年前に編曲者の娘さんと出会うことが運命づけられていたかのように思われた。

岩河三郎という人がどういう人なのか、全く知らなかった。当時も、編曲という裏方なので、たぶんお会いしていないと思う。調べてみたら、かなり著名な作曲家であることが分かった。そんな方に自分の曲を編曲してもらったと思うと、今更ながら光栄なことに思えてきた。

不思議な縁はもう一つある。この東京での飲み会は前述したように柳波賞の選考会を終えた夜だった。そして、この柳波賞の審査員に僕を推薦してくださったのがまど・みちおさんだった。「あなたのメロディー」→岩河三郎→岩河悦子「葉月ホールハウス」→「まど・みちおフェスティバル」→松下育男・谷川賢作とつらなるひとすじの流れ。まだ詩など書く前の高校生の時の出来事が、四十年以上の時を経て、詩と結びつくとは不思議な縁《えにし》を感じざるを得ない。

翌年の二月五日、柳波賞表彰式参列のために上京した折、松下育男さんの案内で葉月ホールへ行った。場所は杉並区善福寺。一見民家と見まがうような外観だが、中に入ると小さなホールにグランドピアノが置かれたしゃれた空間になっていた。

応対をしてくださった岩河悦子さんには温かく迎えていただき、生前のお父様のことなどを伺った。話していると、時が高校時代のNHKホールに戻るような気がした。

さらにその翌年（二〇一二年）、『いつか別れの日のために』という詩集で三好達治賞を受賞したとき、贈呈式で「春の日」のピアノバージョン（編曲・角篤紀）をバックに流して自作を朗読した。スピーチで「あなたのメロディー」のことを話したら、懇親会の時、選考委員の新川和江さんから、「あの番組、私も審査員をしていたのよ」と聞かされ、またまた驚かされた。

ここでもまたこの曲と詩が結びついたのだった。

詩を書き始めて間もない頃、「作詞をしていたのなら詩も書きやすいでしょう」とよく言われた。そんなふうに思われるのは無理もないことかもしれないが、実際はまったく逆。歌詞と詩とはまったく別物。音は一瞬のうちに消えていくので、歌詞の言葉もまた一瞬のうちに理解されるものでなければならない。全体を読まなければ意味が判然としないものはふさわしくない。さらに歌詞はそれ自体で完結する必要はない。メロディと合体したとき初めて完結するのだから、むしろ完結する一歩手前ぐらいの方がいいとも言える。

長年続けてきたこうした作詞の感覚は、現代詩を書く上ではむしろ障害となり、そこからの脱却が、前号に書いた四季派的抒情からの脱却とともに、詩を書き始めた当初の課題となった。

【補記】

ここに書いた「春の日」「チョコレート・パフェ」など、アルバム『白い午後』の一部は拙ブログ「きいちの音楽室」でお聴き頂くことができます。http://tkongaku.sblo.jp/

（「びーぐる」41号二〇一八年十月発行）

詩への旅立ち　③ 第一詩集『漠』へ

一九七〇年代半ばは現代詩にとって戦後詩から脱却する転換期だった。詩壇の芥川賞とも称されるH氏賞の受賞詩集で見ると、七五年が清水哲男の『水甕座の水』、七六年が荒川洋治の『水駅』、七七年が小長谷清実の『小航海26』、七九年が松下育男の『肴』――。

詩を書き始めて間もない自分にとって、これらの詩集はどれも新鮮だった。中でも荒川洋治の『水駅』は二重の意味で衝撃だった。まず著者の歳が自分とそれほど変わらないこと（荒川の方が二つ上）。それまで読んできた著名な詩人はみな戦前生まれだった。そこに昭和二十四年生まれの、弱冠二十六歳の詩人が現れたのだから、これは衝撃だった。さらにその詩のそれまでの詩とはまったく異質の書法に衝撃を受けた。

妻はしきりに河の名をきいた。肌のぬくみを引きわけて、わたしたちはすすむ。

みずはながれる、さみしい武勲にねむる岸を著《つ》けて。これきりの眼の数でこの瑞の国を過ぎるのはつらい。

ときにひかりの離宮をぬき、清明なシラブルを吐いて、なおふるえる向きに。だがこの水のような移りは決して、いきるものにしみわたることなく、また即ぐにはそれを河とは呼ばぬものだと。

妻には告げて。稚《わか》い大陸を、半歳のみどりを。息はそのさきざきを知行の風にはらわれて、あおくゆれるのはむねのしろい水だ。

（「水駅」冒頭）

漢語と和語（雅語）の融合。文法の蝶番を外したような不安定な言葉の流れ。例えば、「肌のぬくみを引きわけて」「ひかりの離宮をぬき」「知行の風にはらわれて」といったようなフレーズ。今でもこれらの意味はよく分からない。説明しろと言われても説明しがたい。しかしイメージとしては伝わってくる。透明で美しい張りつめた空気のようなものが伝わってくる。これこそが詩というものだろう。論理に縛られた散文では描けない世界がここには広がっている。また、この詩集には世界各国のさまざまな地名が出てくる。荒川はこれらの詩を世界地図を眺めながら作ったのだという。地名から詩を喚起する。体験に縛られていない。これもまた戦後詩の〈戦争体験〉や〈思想〉という呪縛から解放するものだった。
　こうした詩法の影響をもろに受け、当時、自分も似たような詩を何編か書いている。例えば次のような詩。

北部大興安嶺の真冬
落葉針葉樹林ダフリアカラマツの樹海
ツンドラとステップを一直線に結ぶ北の風を受け
——部分と全体、主体と客体、闘争と適応……
君がそんなことを熱っぽく語るのに
わたしは遠いシビールの湖《うみ》の音に耳を貸すばかり
時に涙ぐみ時に深く頷きあって

わたしたちはまた語りあう
夕焼けに消えた恋人や焼きザカナの行方について
眠れない夜の長さや
その真昼の眩しさについて
穏やかな午後にひそむ日常の狂気について

（「一九七六年・夏へ」より）


この詩は第一詩集『漠』に収めている。

余談だが、この詩集を荒川さんに送ったところ、とつぜん夜に電話がかかってきた。「荒川洋治です」と名乗られたときは驚いた。一面識もなく、今や売れっ子の詩人だったから、電話など想定外のことだった。開口一番、「いい装幀ですねえ」と言われた。自身も紫陽社という個人出版社をやっていたから、本の装幀には関心があったのだろう。詩集の中身ではなく、装幀を誉められたのはちょっと拍子抜けしたが、それでも電話をもらえたのはうれしかった。

この本は造本にこだわりも持つことで知られていた大阪の出版社・湯川書房に勤めていた編集者が個人的に作ってくれたものだった（奥付の「エディション・リーブ」はその個人名義）。

だから装幀を含めた造本も湯川書房の本に準じていると言ってよい。荒川さんは見事にそこを見抜いたと言える。ちなみに表紙と裏表紙の絵は自作。表題詩「漠」を意識して、洞窟壁画を思わせるようなものにした。

『漠』の刊行は一九八〇年十一月。詩を書き始めてからちょうど八年目のことになる。八年ともなれば作品数もかなりある。収録作を絞り始めたその年の初め頃までの数を数えたら百二十篇ほどあった。この中から詩集に収録したのは二十一編。百篇ほど捨てたことになる。どういう基準で取捨選択したのか今となっては判然としないが、当時の優劣判断の結果、そうなったのだろう。

もうひとつ、第一詩集を出すときにはこんなふうにしようという構想があった。それは三好達治の第一詩集『測量船』だった。ここにはさまざまな詩形の詩が収められている。モダニズム運動の中で生まれた短詩や散文詩、そして彼の本質とも言える哀傷に満ちた行分け詩など。それに倣って詩集を組もうと思った。その結果、詩集の前半にはリリカルな行分け詩を配し、後半には散文詩を含む多少実験的な詩を配すという構成になった。そして、詩集の入り口とも言える巻頭には次のような詩を置いた。

石像

忘れていることが
憶いだささなければならないことが
何かあるような気がしてくる
おまえの顔を見ていると
遠い昔
巨大な太陽の下を
三觭竜や始祖鳥に追われ
おまえのそばを走り抜けた時
ぼくは裸で
大切な約束でもしてきたようだ

この詩は三好達治というより谷川俊太郎さんの詩の影響が濃い。タイトルとなっている石像は、奈良・飛鳥路にある「亀石」がモデル。この奇妙な形をした石を見たとき、ふいに古代へと誘われるような感覚を覚えて作ったものだった。

短詩は達治の有名な二行詩「雪」を意識して作った次のようなもの。

　かなしみ

空には何もなく、キャベツがひっそり浮かんでいる。
地には何もなく、舵木がひっそり生えている。

ちなみにこの二篇の初出はいずれも「詩と思想」一九七五年二月号の投稿欄。「詩と思想」と言っても、現在の「詩と思想」とは全く別の雑誌。選者の会田綱雄さんと吉原幸子さんが個々の作品について対談形式で評してくださっている。「石像」についての評を一部抜粋すると、

会田「遠い昔というのを大事にして、生き生きとそれを伝える才能を持った人だと思う。」
吉原「時の流れという意味での歴史を、とても静かに見つめることができるんですね。始祖鳥の時代へ無理なくとべている。」
会田「遠い昔を詩にすることが遠い未来へつながっていくような、そういう広々とした世界をもった人ね。」等々。

こうした評が、詩を書き始めて間もない自分にはずいぶんと励みになった。

実験的な詩としては、単語で韻を踏みながら、その単語のイメージの流れに沿って展開していくという手法をとった「密葬」や、ブラジル在住の日系画家マナブ・マベの抽象画からイメージを喚起して作った「無限」や「絶望の果てに」などがある。

インランの女とインチキの男がインガバゴスの街角でばったり会った。陰鬱な雨の午後だった。ふたりは陰画のように立ちつくし、煉瓦のように赤くなる。(何年振りだろう) 陰気なバーの片隅に落ち着いて二人は昔のようにもうインドやインポについて語ることはしなかった。因陀羅やインピーダンスについて語ることもしなかった。ただ慇懃な笑いを浮かべ、しみじみと因習や因縁の不可解を、くり返し反芻し合うのだった。

(「密葬」前半)

コンスタントは
すっかり象の足だった
峠を越えて

てくてくと歩いているうちに
約束より早く夜が来た
闇の中から
ヒトに似たものが声をかけてくる
君、僕はもうダメだ
では死になさい

（「絶望の果てに」全）

詩集に収めた作品の中でもっとも古いのは「枯葉」という次のような詩（一九七四年十月作。初出は「詩芸術」一九七五年二月号）。

はるかな
シビールの湖《うみ》の割切れない青さについて
グリュニューの森に朽ちていくりんごの妖しい匂いについて
銀河系の誕生とその終焉について
コスモスの奇妙な歪みについて

質量とエナジーの悲惨な関係について
DNAらせん構造の俗悪さについて
また
人に棲む憎しみや憐れみ、冷たさや優しさ
それらの間の不可解さについて
さらにまた
ヴィオロンやシモーヌ
そんな娘たちとの楽しかった日々について
そんなにもいろいろなことについて
おまえはきっと考えているのだろう
落ちていく間の
その気の遠くなるような長い孤独な時間
おまえは揺れながら
揺れながら
そうして
耐えているのだろう

詩作を始めてからちょうど二年目の作品で、詩の完成度としては低いが、それを敢えて収録したのは、詩における「発見」というものを初めて自覚した作品だったからだ。今でもこの詩を思い付いたときのことは鮮明に覚えている。

場所は晩秋の京都。ある寺の山門を出たとき、空から一枚の枯葉が落ちてくるのが見えた。秋だから枯葉が落ちてきても何の不思議もないのだが、そのとき、なぜかその枯葉が映画のスローモーションのようにゆっくりと舞い落ちてくるように見えた。その瞬間、詩がひらめいた。人間の目から見れば、枝を離れた枯葉が地面に落ちるまでほんの数秒のことかもしれないが、枯葉にとってはすごく長い時間であるのではないかと思えたのだった。「枯葉の時間」の発見とでも言えるだろうか。

こんなふうにして満を持して出した第一詩集であったが、ほとんど反響らしい反響もなく終わってしまった。それは荒川洋治の『水駅』のような耳目を集める斬新性、独自性がなかったと言うことだろう。

三好達治は「自傳」というエッセイの中で、しきりに「模倣癖」という言葉を使っている。例えば次のように。

「（雑誌「青空」に參加した）その頃まで氣まぐれな模倣癖に終始してゐた當人は、……」「萩原朔太郎の『月に吠える』『青猫』その他は最も愛讀した。當人の例の模倣癖はむろん活發に觸手を動かしたが、この際はどうにも始末が惡くかつかうがつかないのに苦しんだ。（中略）同時に室生犀星の初期の詩風にも、模倣癖は本然的に働きかけた。」

この文章が書かれたのは昭和二十八年、達治五十三歳のときで、詩作出発当時の自作を回想したものである。ここには本音と謙遜が混じっていると捉えた方がいいだろう。詩人に限らず、どんな芸術家も出発時は先人の模倣から入る。大事なのはそこから脱して如何に独自の世界を作り上げることができるかどうか、そこにかかっている。自分もまた自分なりの世界を目指して、第一詩集『測量船』から次の段階に向かうことになる。

最後に一篇、詩集の中から多少は独自性があると思われる作品を挙げてこの稿を閉じることにする。

蒼穹

空の一郭に
鋭く切裂かれた場所がある

肉と呼ばれるものに
肉以外の存在を　またその意味を
ひととき憶いださせるために
肉と呼ばれるものの内に
そのわずかな空白に
沁みいるような青さがそっと
流れ込むように

（「びーぐる」42号 二〇一九年一月発行）

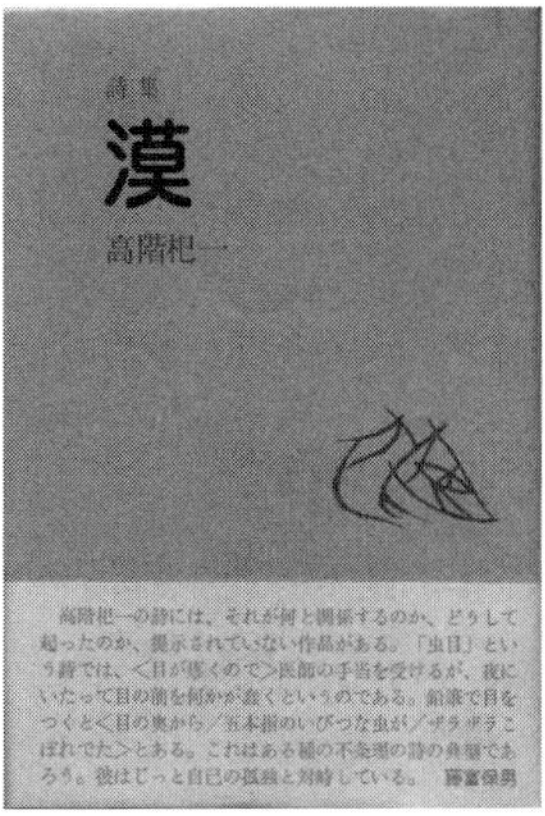

『漠』

【附記】

『漠』という書名は藤富保男さんの提案による。最初は収録詩篇中の「「る」の風景」を書名にしようと思っていた。帯を書いていただくにあたり、藤富さんに原稿をお送りしたところ、「漠」の方がいいのではないかと提案され、それに従うことにした。「「る」の風景」というのはあまりに奇を衒いすぎていると思われたのだろう。結果として、「漠」にしてよかったと思っている。

詩への旅立ち　④番外篇

一九七五年四月、大学を卒業し、造園技師として日本万国博覧会記念協会という団体に就職した。この団体は一九七〇年の日本万国博覧会の成功を記念して、その跡地を「緑に包まれた文化公園」として整備及び管理することを目的に設立された団体で、大蔵省（現財務省）の所管する特殊法人であった。

就職先を決めるにあたっての希望する条件はただひとつ、自由な時間が多く取れること。それには公務員しかないと思っていた。大学時代に文学に目覚めた自分にとって、出世や高給など眼中になく、ただ創作に打ち込める自由な時間が欲しかった。いくつか受けた公務員試験は失敗し、民間会社に就職するしかないかと諦めかけていたところ、ゼミの教授から、こんな団体から学生の推薦依頼が来ているがどうかという話があり、一も二もなく受けることにした。

公的団体だけあって、休みはカレンダー通り。残業もなく、定時で仕事は終わり。まさに希望通りの職場だった。しかし、仕事がおもしろいわけでもなく、内心ではずっと何とか書くことで生きていけないかと思っていた。詩では食べていけないと分かっていたので、あれこれ考えた末、シナリオライターならいけるかもと思うに至った。そこで、大阪シナリオ学校という専門学校があるのを見つけ、その夜間コースに通うことにした。一九七八年二月、勤め始めてから三年目の二十六歳の時だった。

通い始めてから校長が杉山平一という詩人であることを知った。その時すでに杉山さんの詩を読んでいたかどうか定かではないが、ともかくこれが詩人杉山平一との出会いとなった。

この学校には一年間通ったが、授業を受けるうち、自分にはシナリオライターが向かないということを悟った。まずシナリオライターは早書きができなければならないと言われた。例えば一時間のドラマなら原稿用紙で（たぶん）五十枚以上書かなければならない。連続ドラマならこれが毎週続く。遅筆の自分にはとても無理だと思えた。さらに詩人や小説家と違って、シナリオライターの場合、演出家と俳優との三位一体で作品が完成する。書き上げたあとで演出家や俳優から手直しを指示される場合もあると聞かされ、これも耐えがたいことだと思われた。そんなわけでシナリオライターへの道は諦めた。ただ、この学校ではドラマや映画のシナリオだけでなく、戯曲の書き方も教わった。これは収穫だった。それまで演劇など興味がなかったが、いざ自分で書いてみると、これがすこぶるおもしろい。詩と似ていると思えた。ひとつの舞台でありながら、暗転という仕掛けで一瞬にして時間や空間を別の次元へ移すことができる。詩の飛躍と同様である。

明治の初め、西洋の詩を翻訳紹介した『新体詩抄』や『於母影《おもかげ》』の中に、シェークスピアの「ハムレット」やバイロンの「マンフレッド」などの一節が詩として紹介されているのも、詩と劇の近さを物語っている（歴史的にはギリシャ悲劇など韻文で書かれた劇が詩の元になったと言えるが）。こうした戯曲の授業を通して、さまざまな戯曲の本を読むようにもなった。シェークスピアを初め、古代ギリシャのソポクレス「オイディプス王」やアリストパネス「雲」、近現代のチエホフやテネシー・ウイリアムズ等々。それらの中でも特にサミュエル・ベケットを代表とする不条理劇に惹かれた。日本の作家では何と言っても別役実。彼の舞台を見ると共に、その戯曲集を片端から読んでいった。

シナリオ学校を卒業して三年半ほど経った頃（一九八二年）、新聞で戯曲の公募記事を見つけた。「キャビン戯曲賞」[*1]という名称で、「関西の若手劇作家を育てる」という趣旨のことが書かれてあった。審査員に別役実の名前があった。これはもう応募するしかないと張り切って、年末の一ヶ月ほどをかけて書き上げた。職場が冬休みに入った最後の四日間ほどは徹夜に近い状態だった。書き終わったのは締め切り当日の十二月三十一日。

そんな苦労が報われて、翌年の三月、応募作は入賞した。受賞は該当作なしで、拙作は準入賞（四夜原茂《しやはらしげる》）に次ぐ佳作となった。佳作にはもうひとり秋山シュン太郎という人が入賞している。僕以外の二人は学生劇団に所属していて、入賞作はすでに上演されていた。そこで拙作が翌年の演劇祭（オレンジ演劇祭）で上演されることになった。これは幸運なことだった。

演出は小松徹氏で、出演者は関西のいくつかの小劇団（「そとばこまち」や「南河内万歳一座」など）から選ばれた。稽古場には何度か足を運んだ。たった二日間の公演のために半年以上稽古が重ねられた。また、たまたま見に行ったとき、演出家と準主役的な若い男優が大喧嘩し、そのあと、もうやめると言いだした彼を飲みに連れて行き、説得したこともある。演劇の世界に無縁だったこちらには稽古の段階から驚きの連続だった。

そんなトラブルがあったものの、何とか上演にこぎつけた。一九八四年二月三日（金）と四日（土）の三回公演。場所は大阪・梅田のオレンジルーム（関西小劇団の公演拠点で、一九九八年にＨＥＰ ＨＡＬＬ《ヘップホール》と改称）。キャパは椅子席二百ほどで、公演は立ち見も含めて三回とも大入り満員だった。若者を中心に小劇場演劇がブームになっていたことと併せ、関西発の戯曲賞第一回受賞作の上演ということで注目を浴びていたからだろう。

入賞作の応募時のタイトルは「狢」。公演に当たって、漢字では硬いということでカタカナの「ムジナ」に改めた。内容は至って単純。ある町で旅人が尿意をもよおし、近くにあった役所でトイレを貸して欲しいと頼むが、さまざまな理由を付けられてなかなか貸してもらえない。

そのうちとうとう我慢ができなくなり漏らしてしまう。その結果、神聖なお役所を穢したという罪で旅人は縛り首に処せられる――。あらすじだけ書けば実にアホらしい内容であるが、旅人と役所の人間たちとの堂々巡りの会話が軸になっていて、いわゆる不条理演劇のスタイルをとっている。一部を紹介すると、次のような感じです。

男子職員　それじゃ待ってください、十時まで。
男　何もそんなに四角四面にしなくても。トイレ位、使ったからといって減るもんじゃなし……。
男子職員　減るもんであろうがなかろうが、ダメなものはダメです。規則で決まってるんですから。
男　だから、そこのところを何とか。
男子職員　ダメです。それでは規則が何のためにあるのか分からなくなるじゃないですか。規則というのは、あなた、何もいい加減に決めてるんじゃないんですよ。お役所の公正かつ円滑な仕事を図るために設けられているのです。もしこれがなく、担当者の好き勝手にできるようにでもなれば、お役所の公正はどうなるんです。あ、あの子はかわいいから先にやってやろう。あ、あの人は金がありそうだから先にやってやろう、てな具合になったらどうなるんです。ブスで金のない娘なんか、一生トイレに行けないじゃないですか。

ブスなんて言葉、今どき使うと非難されそうだが、この当時、つかこうへいなどが盛んに使っていて、その影響も受けているようだ。

ところで、この戯曲には下敷きがあるのだが、それが何か分かるでしょうか？

答はカフカの「城」。城に雇われた測量技師Kが城に出仕しようとするが、さまざまな理由を付けられて城に入ることができない。このカフカの城を役所に、測量技師Kを旅人（男）に置き換えたものだった。落語にも似たような話があり、当時は分かっていたのだが、今は思い出せない。うーん、何という落語だったか。

受賞後、依頼を受けて三作ほど書いた。二作目の「雲雀の仕事」は一九八七年六月、「大阪春の演劇まつり」参加作品として大阪府職員演劇研究会により上演された（府立青少年会館小ホール）。あとの二作は依頼者に渡したものの上演されたのかどうか分からない。そして、これ以降、戯曲は書いていない。*2 やはり劇団の座付き作者でもないと、依頼もなく、続けていくのには限界があった。

こうした戯曲の影響は、当時の詩にも現れている。それは会話で進行していくという形式の詩。例えば、「青髭」二号（一九八〇年四月）に次のような詩を発表している。

だから
もう？
もうここで
菜の花だっていちめんにあんなに騒いでいますのに
終わりにしよう
あまりに広すぎて
手を放したら
わたし
から
わたしたち
何処まではがれていくの
か分らない
から

せめて
あの
からっぽの
空
その
(風船だわ……)
青く透けた薄皮に
トゲのようにずっとささっていたい

(「春愁」冒頭二連)

拙作には、このようなすべて会話だけでできている詩というのは数えるほどしかないが、部分的に会話を取り入れている詩というのはけっこう多い。それはやはり戯曲を書いていたことと関係しているように思われる。

ここでまた最初の万博での仕事の話に戻します。

初めのところで、「仕事がおもしろいわけでもなく」と書いたが、齢を重ねていくうちに大きな造園設計の仕事も任されるようになり、それはおもしろく思える仕事だった。自分が書いた二次元の図面が三次元の姿になってできあがる。これはひとつの創作活動である。マンガから始まって、作曲、そして詩や戯曲へと移っていったが、一生の仕事はそのいずれでもよかった。自分が本当にやりたかったのは創作という行為だったから。

万博記念公園では五十歳で退職するまでの二十七年間に多くの設計をした。例えば太陽の塔のまわりの修景。あの原始的な雰囲気を漂わせる巨大な塔に釣り合うのは針葉樹しかないと決め、ヒマラヤシーダー等の針葉樹を配植するようにした。ほかにも、モノレール「万博公園駅」を降りたエントランス広場一帯の修景、万博公園内「自然文化園」の梅林やフラワーベル（カリヨン）の台座の設計などなど。

そして退職前の最後の仕事となったのが自然文化園内にある「ソラード（森の空中観察路）」の建設。これは自分が直接設計したわけではないが、その構想段階から完成に至るまで深く関わった。「ソラード」という名は「空」と「道（road）」を合わせた造語で、自身の命名による。また延長三〇〇メートルに及ぶ空中観察路の最後に聳える展望タワーには拙作も掲げられている。これは上司から、この施設にふさわしい何か詩のようなものをと頼まれて作ったもので、無記名での設置だと思っていたので気負うことなく割と簡単にできた。しかしできあがってから作者名を入れたいと言われ、結果的に「高階杞一」の名前入りで掲げられることになった。
最後にその詩を記してこの章は終わりにします。詩の出来映えはともかく、ソラードは森の中を空中観察路で巡る気持の良い施設なので、万博記念公園に行かれたときはぜひ体験してください。

鳥の目で世界を見たら

地上から一メートル三十センチのぼく。
地上から二メートルの高さに立つと、三メートル三十センチのぼくになる。
地上から十メートルの高さに立つと、十一メートル三十センチのぼくになる。
巨《おお》きくなると、こんなにも世界が違って見えてくる。
目の下に広がる木々の海。
あのいちばん高い木はギンドロの木。濃い緑はシイやカシの木。
その上を鳥がゆっくりと飛んでいる。
ぼくより下を飛んでいる。
あんなところで鳥は、何をしているのだろう。

森の中にはどんな生き物がいるんだろう。

鳥も木も昆虫も
みんなひとつにつながっている。
この大きな緑の中で、人間も、みんなといっしょにつながっている。
鳥の目で世界を見たら、それがはっきりとわかる。

こんなに高くのぼってきたけれど、まだまだ空には手が届かない。
空は広い。空の向こうはもっと広い。
いくら手を伸ばしても届かないけれど、こころを伸ばせば見えてくる。
今まで見えなかったものが、きっと
いっぱい見えてくる。

【註】
＊1　正式名称は「キャビン85戯曲賞」で、「キャビン85」はタバコの銘柄。専売公社（現J

T）が後援となっていた。その後、「テアトロ・イン・キャビン戯曲賞」と名前が変わり、一九九二年に終了。これに代わるものとして、一九九四年に大阪ガスの主催で「OMS戯曲賞」が創設され、現在に至っている。OMSは扇町ミュージアムスクエアの略。

＊2　上演用の戯曲は前述の四作のみだが、他に月刊誌「神戸からの手紙」（一九八四年六月号）に書いた短編の戯曲「魚のとぶ日」と、神戸のFM局（KISS-FM）にラジオドラマ「聖夜／天使が／街で」（一九九八年十二月二十五日放送）を書いている。

（「びーぐる」43号 二〇一九年四月発行）

「ムジナ」公演時の舞台

『漠』から『さよなら』へ　①藤富保男・富岡多恵子

初期の課題として、「四季派的抒情からの脱却」ということをこの連載中何度か書いた。そしてその脱却への手がかりとなったのが藤富保男と富岡多恵子両氏の詩だった。

どちらの詩も四季派的な湿り気はまったくなく、カラッと乾いている。それだけでなくどちらの詩もすこぶるユニークで、それまで読んできた詩のどれとも似ていない。初めて目にした時、こんな詩の書き方もあるのかと驚き、そして新鮮な感動を覚えた。

どの辺がユニークか、それぞれの詩を見てみよう。

まずは藤富保男の詩から。

ふと

ぼくは時時ベンチに坐って考え込む
あのこと　を

ぼくは　その時いつも
ぼ　と　く　になってしまうのである
ぼ
が坐っていて
く
が立っていて
二人で口を開けて月を見ていることがある
月は後向きになって
煙を吐いて留守になる

頭が重い
象がぶら下っているからである

もう　いけない
走れ　走る
走った　橋っ　橋っ　走った

ところで
走っているのは
ぼ　でも
く　でも
ぼく自身でもなく
橋でもなくなってしまう

もう　いけない　が
象にまたがって
一人で走っている

（思潮社・現代詩文庫『藤富保男詩集』より）

「ぼく」が「ぼ」と「く」になってしまうなんて、なんと奇抜な発想だろう。詩ではこんなこともできるんだという驚きと共に、詩の自由さを再認識させられた。

こうした発想はどこから来ているのだろう。それについて氏はエッセイで次のように述べている。


僕が詩を書き始める頃は、やはり絵画の影響が大きかったことはいなめない。（中略）主としてシュウルリアリズムの連中であるが、こういう仕事を文にしてみたいとは初期の僕の願望であった。それであるから、詩のもつ絵画的影像を無意識ながら尊び、物象をより明確に表現するために、異常な比喩を用いて巨視的に提示することを好むようになった。

（同『藤富保男詩集』「僕の背後」より）


「異常な比喩を用いて巨視的に提示する」、どうやらこの辺が発想の源になっているようだ。

もうひとつ、「もう　いけない」の「いけない」を名詞として使うような文法の意図的な誤用についても次のような説明がなされている。

ぼくは、自分の詩のタイトルに〈言ベン〉を二つ横に重ねた字をつけたことがある。このタイトルをつけた当時のぼくの詩の上での試みは、副詞とか形容詞の機能を動的に使ったり、二字の名詞を切って、その間に、助詞を入れたりして言語の上での伝達を別の角度から潑剌とさせようとする仕事をしていた時であった。

（同『藤富保男詩集』「漢字のヘンな感じ」より）

こうした文法を崩す試みは、二十世紀初頭にイタリアで起こった未来派やスイスで起こったダダイズムの実験ともつながっている。博識の藤富さんのことであるから、もちろんそれらを知った上で日本語において独自のアレンジをされたのだろう。

藤富詩から学んだこうした手法は、自作においても大いに使わせていただいた。例えば次のような詩。

　　家には誰も

家には誰もいなかった
タンスにも

屑籠にも冷蔵庫にも
いなかった
ただ
いなかった　だけがいて
迎えてくれる

おかえりなさい
ぼくは黙って服を脱ぐ

それから
小さなテーブルに向き合って
ぼくと
いなかったとの
食事が始まる

（『キリンの洗濯』より）

これは藤富さんの「いけない」と同様、「いなかった」という動詞を擬人化したものである。藤富さんは当然自分の模倣だと知っておられたはずだが、それを咎めることもなく、それどころか拙著『高階杞一詩集』（砂子屋書房版現代詩人文庫）の詩人論でこの詩を取り上げ、「高階は留守とも不在とも書かずに、誰もいなかった、という〈いなかった〉を主語にしてしまったのだ。（中略）こういう手法になると、もはや擬人法ではすまされない奇法である」とほめてくださっている。穴があったら入りたい気分である。

藤富さんとの個人的な出会いは、これはほかのエッセイでも書いたことがあるが、まだ詩を書き始めて間もない頃に創刊した「パンゲア」という同人誌がきっかけだった。その巻頭には「一篇の詩」と題して、毎号同人が自分の好きな詩を紹介していた。七号（一九七八年）で僕は藤富さんの「お」（『魔法の家』）を選んで載せた。そしてその号をお送りしたところ、丁寧なお礼のハガキをいただいた。これがその後長く続くお付き合いの始まりとなった。

『魔法の家』は藤富さんの数多い詩集の中でもとりわけ好きな詩集である。書名が示すように童話のような趣がある。「お」は次のような作品。

おばさんは笑ったまま　固まってしまった

よく笑う罰だ

子供が　いなごのようにうるさい
早く村へ帰ればいい

いのししがきたあ　とおどかすと
あれは夕立よ　とまだ笑っている

あの大きな口に自転車でも入れたい位

この詩集では各作品のタイトルに特別な意味はない。冒頭の一字が機械的にタイトルとされている。こうした試みも藤富さんらしい遊び心に満ちた試みだと言える。

藤富さんは前述のエッセイ「僕の背後」で、「僕は主として何を取扱うか。一言で云えば、詩的冗談である」と書いている。この「詩的冗談」のエキスに触れて、自分の中の「四季派的抒情」が別の形に化学変化を起こしたように思われる。

次に富岡多恵子の詩について。

富岡詩には最初に書いたように感傷的なところはかけらもなく、カラッと乾いている。時には勇ましく啖呵を切っているようにも見える。それはそれまでの女性詩と全く異質のものだった。

技巧の面から見ると、二つの特徴がある。ひとつは唐突な文脈の飛躍であり、もうひとつは独特な語り口である。

氏の代表作とも言える次の詩にもその二つの特徴が顕著にみてとれる。

静物

きみの物語はおわった
ところできみはきょう
おやつになにを食べましたか
きみの母親はきのう云った
あたしゃもう死にたいよ
きみはきみの母親の手をとり

おもてへ出てどこともなく歩き
砂の色をした河を眺めたのである
河のある景色を眺めたのである
柳の木を泪の木と仏蘭西では云うのよ
といつかボナールの女は云った
きみはきのう云ったのだ
おっかさんはいつわたしを生んだのだ
きみの母親は云ったのだ
あたしゃ生きものは生まなかったよ

「きみの物語はおわった」と始まり、次におやつには何を食べたかという質問がはさまれ、そこへ母親が登場し、「あたしゃもう死にたいよ」と言う。めまぐるしく場面が展開していく。これが散文だったらわけが分からなくなる。しかし、この詩では全体から何か悲しみに似たものが伝わってくる。

語り口の方は、「終わった」「食べましたか」「死にたいよ」「眺めたのである」「云ったのだ」という具合に、これまた文尾がころころ変わる。普通は「ですます調」か「である調」のどちらかに統一するものだが、作者はそうしない。

この詩での「きみ」は作者自身である。そして作者の頭の中に次々と母との思い出がわき起こってくる。その意識の流れるままに記すので、場面の展開も語り口も次々変わる。この詩をそういう構造の詩だと読み取れば理解もしやすくなってくる。

昔、富岡多恵子の詩をイギリスの精神科医R・D・レインの精神病理の世界から読み解いたことがある。結論から言えば、富岡多恵子の詩の根底には「母親喪失」への潜在的な恐れと不安がある。そしてその「いつか母親を失うのではないか」という恐れと不安が自身の存在そのものへの不安となっている。右に挙げた詩の場合、母親の「あたしゃ生きものは生まなかったよ」という言葉がその不安の表れとなっている。「生きもの」でなければ自分は何なのか。無機物か？　その思いがこの詩のタイトル「静物」となっている。

こうした富岡詩から学んだことは、文脈や語り口の自由自在な展開であったと言える。これらも「四季派的抒情」に縛られた精神を解放するのに大いに役立った。

藤富詩の場合のように、表だってその影響が見られる作品はあまりないが、例えば次の詩などには語調においてその影響が見られる。

無限

その窓には
トマトもナスビもならないし
もちろんアサガオのつるも絡まない
夜も昼も、縦も横も、義理も義務もない
時折、白い煙を吐いてガタンと揺れる
青い闇の中を馬と狩人が回り燈籠のように過ぎていく
誰も訪ねてこない
ただ
ありふれた木で
ありふれたヒトが首を吊っている
もう見あきたよ
そんな顔をした男が
窓辺でひっそりと
風景を食っているのであった

（『漠』より）

富岡さんとは直接の交流はない。確か小野十三郎が亡くなった葬儀の時（一九九六年）に、遠目に見たぐらいである。ただ、一度だけハガキをもらったことがある。拙作の感想などではなく、それは抗議のハガキだった。藤富さんとの出会いのきっかけとなった「パンゲア」の巻頭に氏の詩（「では今夜また」）を載せ、お送りしたところ、すぐさまその抗議のハガキが来たのだった。内容は、まず作者の承諾なしに載せたこと、そして、「高階・選」という書き方が、「無断でのせられた作品と作者にまことに失礼である」というものだった。

「高階・選」というのは、前述したとおり同人の持ち回りのコーナーだったので、誰が選んだかを示すものにすぎない。しかし氏は、「新しく書かれた自分の作品が（高階によって）選ばれたと読者に誤解される」と思われたようだった。この時点で富岡氏は当代有数の人気詩人で、こちらはどこの馬の骨ともわからない無名の詩人。しかも「パンゲア」はガリ版刷りの粗末な同人誌。読者がそのような誤解をするはずがないと思えるが、無断掲載したことは間違いないので、次号（10号一九七九年六月）に氏からの要請通り、経緯とお詫びの一文を書いた。

同じ行為でも藤富さんのようにお礼のハガキをくれる人もあれば、富岡氏のように抗議をしてくる人もいる。別にこう書いたからと言って氏を非難しているわけではない。富岡さんはどこかで、「詩人の看板を張るなら、売れと言われたら、プロとしていつでもそれなりのものが書けなければいけない」というようなことを書いていた。また、野坂昭如との対談（「現代詩手帖」一九七六年五月臨時増刊）では、「わたしは、詩を書く限りは詩で食っていかなきゃ、これからは駄目だと思うけどね」なんてことも言っている。富岡多恵子という人にはプロ意識が強く、それがこのような抗議の形になったのだろう。

何はともあれ、藤富保男と富岡多恵子、それにカフカを加えて、それらが入りまじりつつ、自作は第二詩集『さよなら』へと向けて進んでいくことになる。

（「びーぐる」44号 二〇一九年七月発行）

【附記】

藤富さんはこの文章を発表した二年前の二〇一七年八月に亡くなられており（享年89）、富岡さんはこの時点ではまだご健在であったが、二〇二三年四月に亡くなられた（享年87）。お二人にあらためて哀悼の意と謝意を表します。

『漠』から『さよなら』へ ②「詩学」の頃

第一詩集『漠』を刊行後、詩の主な発表場所はその前年に創刊した詩誌「青髭」と「詩学」になる。

「青髭」については前にも触れたが、一九七九年十二月一日創刊。当時「詩芸術」の常連だった木野まり子と二人で始め、一九八七年六月発行の19号まで続いた。一方「詩学」の方は、久し振りに投稿した作品（「暗い藪」）が一九八一年三月号で初めて入選し、それから毎号欠けることなく掲載された。

この「詩学」への投稿については、当時、上京した折などによく会っていた詩人のNさんに「ずるい」と言われたことが強く印象に残っている。詩集を出したのに（初心者でもないのに）まだ投稿をしているのはずるいというような意味合いだった。確かに、いつまで投稿を続けるのかという気持が自分でもないではなかったが、満を持して出した詩集の反響もそれほどなく、また自分の詩に対する自信もなかったので、他者からの客観的な評価を得たいという気持が投稿を続けさせたのだろうと思う。そして毎号入選し、選者たちの評価も高くなるにつれて、自信も湧いてきたのは確かなことだった。

ちなみに当時の選者は、嵯峨信之（「詩学」発行人）、猿田長春、支倉隆子、小長谷清実、黒岩隆の五氏（途中で小長谷氏と阿部岩夫氏が交代）。この「詩学」投稿欄のいいところは、選者たちが座談形式で作品について細かく評してくれるところだった。一篇につきだいたい二ページ弱で、多いときには五ページに及ぶこともあった。その選評には教えられることも多く、また書いていく上での励みにもなった。

この投稿時期から自作には不条理的な作品が増えていく。これは当時、夢中になって読み始めたカフカやカミュ、あるいは演劇の別役実やベケットの影響であるのは明らかだった。とりわけカフカには強く惹かれ、その影響が、例えば次のような作品に色濃く出ている。

処分

日曜日のよく晴れた朝
町の方から
突然

当局の廃品回収車がやってきて
ぼくの目方を計り
ぼくを
一束のチリ紙に
変えた
ぼくの体は
廃棄処分になるという
ほら、カンカン云うでしょう
と彼らは笑いながら
ぼくの体を叩く
ぼくには何も聞こえない
口をあけ
ポカンとしていると
彼らは
ダメだなぁ、とでもいう風に
ぼくを一枚はがし

それで
ブッ　と
鼻をかむのであった

いわゆる変身譚である。選者たちの合評を読むと、おもしろい作品だとしつつも、「（カフカやイオネスコのようなものになりうる）重大なモーメントを含んでいるが、アイデアの段階にとどまっている」「作者の存在の危機感が感じられない」「自己卑下のアイロニー」といったような批判的な感想が並んでいる。それはそのまま受け止めるしかないが、自分にとってはこうした詩において、ようやく四季派的な湿った抒情から抜け出し、さらに自分なりの新しいスタイルの詩を生み出す手応えをつかんだという思いが強かった。
投稿中の作品で選者の物議を醸し、そのため特に印象に残っている作品がある。それが次の作品。

いや、何でもないんだ

縁側で

突然
人が死ぬ
食べかけのスイカと
かわいがっていた一羽のネコを
残したまま
今日は通夜があるだろう
君は行かないと云った
あなたひとりで行けばいいと云う
ぼくはお茶を飲み
暗い服に替え
外へ出る
何日ぶりだろう
ひさしぶりの空にもたれて
あくびをすると
目の縁に涙がたまる
何故だろう

食べかけのスイカと
かわいがっていた一羽のネコを
残したまま縁側で
突然人が死ぬ
ありふれたことだ
と君は云う
丘の方から
ゆっくりと下りてくる人がいる
ぼくは振り返り
君を呼ぶ
大声で君を呼ぶ
君は
縁側の
生い茂った草の合間からひょいと
顔を出す
ぼくは

何も言わずに
手を振った

この中の「一羽のネコ」が問題になった。選者の言葉をいくつか抜粋すると、
文倉　これはふざけているのね。
嵯峨　ウサギを一羽と言うから、それからきた誤りなのか。
文倉　ウサギを一羽というのと「ネコ」を「一羽」というのとはぜんぜん違う。
嵯峨　でも用心しないと、おかしいとこあるんだよ。忘れるとつい出るんだよ。つい書く時があるんだから。
黒岩　でも犬を一羽という人はいないんだからね。
小長谷　人間だってある面で動物的に使えば、人間三匹とか。
嵯峨　でも、詩でやっぱり言葉の正しさを必要とする場合には、やっぱりそこいらはちゃんとしなきゃいけないんじゃないかしら。
というような議論が延々と続く。
これを読んで呆れたのは、「ネコの数え方を知らないんじゃないか」という嵯峨さんの発言。
ウサギを一匹と数える人はいても、ネコを一羽と数える人はまずいない。としたら、意図的に

そうしていると考えるのが妥当ではなかろうか。ではなぜ誤用と知りながらそうしたか。それについては小長谷さんがこちらの意図に沿った発言をしてくださっている。

小長谷　「かわいがっていた」という言葉があるでしょ。それが何と小鳥と「ネコ」がまざっているようなイメージがここでポッと出てくるんじゃないかというような感じ。

これを読んで思わず、そうなんですよ小長谷さん、と言いたくなった。自分の意図したのは、関係の離れたものを結びつけて新たなイメージを生む、言わばシュールレアリスムの応用のようなものをここで使おうと思ったのだった。ネコを「一羽」とすることで、日常から非日常へ世界がほんの少しずれる、そういう効果も期待してのことだった。こうした実験は前号で紹介した藤富保男さんから学んだものだとも言える。

藤富さんと言えば、別の投稿作品（「空」）で小長谷さんと嵯峨さんが次のような発言をしている。

小長谷　だれでも詩を書き出して何年かは自分のセンスに親しい詩人の感受性にわりあい沿って詩を書いていくと思うんですよね。この人は藤富さんですよね。ラッキーというべきかアンラッキーというべきか。

嵯峨　藤富君の近くにいるんだということはわかる。言葉遣いが非常に単純でひねってあるんだ。

小長谷さん、鋭い！　しかし、アンラッキーというのはどういうことだろう？　未だに分からないでいる。

それはともかく、選者五人の中ではこの小長谷さんと猿田長春さんのお二人が拙作を特に高く評価してくださっていた。お二人ともすでに鬼籍に入られてしまったが。（猿田長春二〇〇一年没。小長谷清実二〇一七年没）

猿田さんとは一度だけお会いしたことがある。一九八四年二月、前にも書いたが、キャビン戯曲賞を受賞した「ムジナ」が大阪・梅田で上演された時、わざわざ東京から観に来てくださったのだった。確か同時期に「詩学」に投稿していた大阪在住（？）の林堂一さんとご一緒だったと思う。痩身の温和な感じの方だった。その時、本職はキリスト教の牧師だと聞いた記憶がある。今回あらためて調べたところ、立教大学諸聖徒礼拝堂の聖歌隊長で、聖歌の指揮などをされていたということが分かった。

詩集も出るたびに頂いた。どれも手作りの小冊子だった。探したら見つかったので、生前のご恩に感謝しつつ、一篇ご紹介します。

バナナの日

バナナが食べたくて
死ぬほど食べたくて
一年に二度か三度
給食にバナナの日があつて

死ぬほど会ひたくて
バナナのやうにクルンとむいて
草いきれのなかにねころんで

でも　もう
バナナの日はないんです

（『石板いろの』一九八八年刊）

小長谷清実さんとは一度もお会いしたことがない。ただH氏賞を受賞した『小航海26』（一九七七年刊）は受賞後すぐに購入し、おもしろく読んだ。全篇が二行一連で進行し、そのスタイルにも新鮮なものを感じた。こちらも一篇ご紹介します。

大きな籠にゆられゆられて
水たまりの海を決死の小航海

足の方からは水　なまぬるい水
爪のあいだや皮膚のシワをつたわって

四月のように十月のようにとりとめなく
からみつきからみつきからみつく

その境遇を非常に不快に
不快に感ずる子供とネコ　わたしたち

いっぱいある窓のひとつに
目をすりよせて三十余年の小航海

（「小航海時代」前半）

こうして投稿は一年ほど続き、一年後には「詩学の新人」に選ばれた（一九八二年二月号で発表）。もうこれで投稿から卒業してもよさそうなものだが、なぜかこのあと間をあけて二回投稿し、翌年の一月号に掲載された「階段」が最後の投稿作品となった。そしてここにおいて一九七三年の「詩芸術」から続く長い投稿時代が終わる。

「詩学」での投稿作品は全て第二詩集『さよなら』に収めている。しかしそれでも全体の半分弱ほど。残りは「青髭」のほかいくつかの詩誌に発表したものを収めている。そしてその全体を読むことで、この第二詩集のタイトルをなぜ「さよなら」としたか、その理由が分かってもらえるかと思う。

（「びーぐる」45号二〇一九年十月発行）

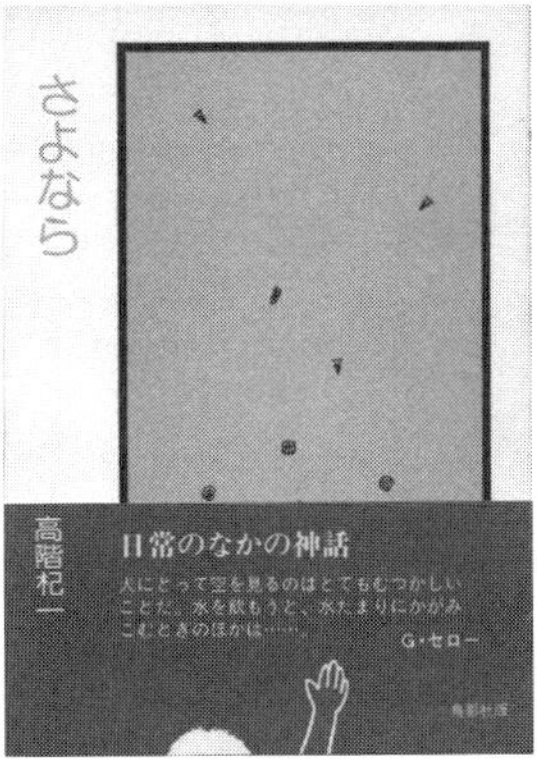

『さよなら』

『漠』から『さよなら』へ　③'80年前後の詩と詩人

前回、「詩学」への投稿時代のことを書いた。その折、同時期にどんな投稿者がいたのだろうと、その一覧（佳作も含めてざっと四十名ほど）を眺めてみた。ほとんど名前を知らない人ばかりだが、その中に氷見敦子の名前があって、おやっと思った。彼女も同じ時期に投稿していたんだと意外に思えた。

氷見は「SCOPE」という同人誌で活躍し、一九八五年十月に三十歳の若さで胃癌のために亡くなっている。そのためもあり、今や伝説的な詩人ともなっている。投稿していた八十年代初めの頃は二十代半ば。亡くなる直前には衝撃的な作品を多く残した氷見だが、「詩学」投稿欄での評価は芳しくない。例えば一九八一年十二月号に掲載された「中村橋」という作品（前半略）。

踏切りを越えれば
さらに

青い商店街が夢の芯へ落ちる
買ったばかりの肉を
籠に入れて持ち歩く
おんなたちの性器が
橋の上で
手強い色に光っている

発光する肌をのぼりつめた
のぼりつめていく声の粉末
ひと肌の高みで
あたし
くらくらめまいを覚えたよ
飛翔の道程に凝固する
影を直視
つらぬいた
あとには道が冷え込んでいる

銭湯の角から
花屋へむかう
向かい風にあおられて
夢の際から
髪が立ち上がってくる

この詩に対して選者たちは次のように評している。

小長谷　こういうタイプの詩っていうのは荒川洋治がつくったものですね。
嵯峨　そう。その影響なんだよ。
小長谷　いや模倣、「橋の上で／手強い色に光っている」なんていうのは全くそうね。
（中略）
嵯峨　中頃の「おんなたちの性器が／橋の上で／手強い色に光っている」なんてめちゃくちゃだもの。
文倉　そうですね。繰り返すけれどもこの辺に「性器」を出してやろうかという感じがある。

（中略）

小長谷　もうね、せっかくいい感覚を持っているんだから、そろそろ自分の表現を、違ったものを……。

（中略）

小長谷　変えるために誰かを利用したって別にいいと思う。だから荒川洋治風のモードを取り入れたってかまわないと思うけどね。途中でなら。ずっとこのままじゃ困るけどね。

猿田　これくさいって感じがしていやだな。くさい詩ですよ、これは。

という具合にさんざんである。荒川洋治の影響が強い（あるいは模倣）ということが批判の的になっている。確かに初期（『水駅』の頃）の荒川ふうのフレーズが至る所に散見される。指摘されている「手強い色に光っている」や「のぼりつめていく声の粉末」「ひと肌の高み」などなど。しかし、それだけではなく、それ以上にここには当時の詩壇の潮流がうかがえる。

八十年代初めというのは荒川洋治が見出した伊藤比呂美や井坂洋子といった若い女性詩人が台頭してきた時代で、その頭（論理）ではなく生理を通して書かれた感覚的な詩が詩壇を席巻していた。そこには性的な事柄も大胆に取り込まれ、「性器」なんて言葉もよく使われていた。若い氷見もそうした時代の趨勢の中に呑みこまれつつ書いていたんだと思う。「詩学」の評は氷見にとって酷ではあるけれど、選者たちはその辺もまた鋭く見抜いていたとも言える。
彼女の詩は亡くなる前の二年ほどの間に大きく変わっていく。それは体の異変に気づき、死をどこかで感じるようになったからではなかろうか。強烈な個性がその詩に現れてくる。絶筆とされる未完の詩「日原鍾乳洞の「地獄谷」へ降りていく」の最終部（全体の四分の一ほど）を引用する。

「三途の川」を渡って「地獄谷」に降りる
地の底の深い所に立つわたしを見降ろしている井上さんの顔が
見知らぬ男のようになり
鍾乳石の間にはさまっている
ここが
わたしにとって最終的な場所なのだ
という記憶が
静かに脳の底に横たわっている
今では記憶は黒々とした冷えた岩のようだ
見上げるもの

すべてが
はるかかなたである
九月、大阪にある「健康再生会館」の門をくぐる
ひた隠しにされていた病名が明らかにされる
再発と転移、たぶんそんなところだ
整体指圧とミルク断食療法を試みるが
体質に合わず急激に容体が悪化する

夜、周期的に胃が激しく傷み
眠ることができない
繰り返し胃液と血を吐く、吐きながら
便をたれ流す

翌日、新幹線で東京へ戻る〈未完〉

（「現代詩手帖」一九八六年十二月号より引用）

修辞的なものはほとんどなくなり、まさに肉のそげ落ちた骨格だけのような詩になっている。詩がどんどん長くなっていくのは、残された時間に追われるように言葉が吐き出されているかのようだ。

氷見とは一度も会ったことはないが、「SCOPE」の追悼号（17号）の写真を見ると、かわいくチャーミングな女性だ。どんなにか生きて書き続けたかったことだろうと、その笑顔を見ながら思う。

八十年代初めのこうした女性詩ブームの中にあって、自分は男だからほとんどその影響を受けることはなかった。おもしろいと思い、惹かれはしたが、とうてい男の自分が書ける世界ではなかった。華やかな女性詩人たちの活躍を横目で見ながら、自分なりの詩を模索するよりほかになかった時代だったとも言える。そんな中、二人の新たな詩人と出会った。嵩文彦と柴田基典の二人。どちらの詩人からも大いに刺激を受けた。次はこの二人の詩を紹介したい。

まずは嵩文彦。北海道在住で、本業は医師（現在は引退）。最初に手にしたのは、『倒立する古い長靴のための緻密な系統図』（村松書館　一九七八年刊）という長いタイトルの詩集。何かの詩誌に紹介されていたのを読み、気に入って購入したのだったと思う。画家の片山健装幀による箱入りハードカバーの豪華な詩集。外装に劣らず、内容も充実したいい詩集だった。その中の特に次の一篇に強く惹かれた。

夏が透明管を攀じ昇ってくると
遠来の客があった
父と子は静かな人だった
父の友人は
一羽の雄鶏を飼っていた
当然　雄鶏は卵を生まなかった
金網の前に子は立った
雄鶏は
頸を刎ねられた向日葵を真似て
たたずんだ

（「向日葵」全）

余計な説明や心情は省かれて、シンプルな描写だけで成り立っている。それでいて強く訴えかけてくるものがある。小野十三郎の言ではないが、まさに「物をして語らしめ」ている。例えば、「雄鶏は卵を生まなかった」という一行。この短い詩の中に、なぜ作者はわざわざこんな至極当然のことを入れたのか？　それはそのあとを読めば了解される。「頸を刎ねられた」のは向日葵だが、この一行を挿入することによって、それが雄鶏のようにも思えてくる。卵を生まない雄鶏は、いつか「頸を刎ねられる」という予感への実に巧みな伏線となっている。そして、夏の強い日差しの下、雄鶏を見つめるこどもの目には、まだおぼろげにしか分からない「死」が映っているかのようだ。

嵩氏は一九三八年北海道網走生まれ。一九九三年に八冊目の詩集『青空の深い井戸』を出したあと、俳句に転じ現在に至っている。ちなみに『倒立する古い長靴のための緻密な系統図』は第二詩集。

続いて柴田基典《もとのり》（のちに基孝と筆名を変更。読みは同じ）。

この詩人の詩を知ったのは、藤富保男さんのエッセイ集『パンツの神様』（ＴＢデザイン研究所　一九七九年刊）の中でだった。これはよく覚えている。紹介されていた詩は「日曜日の夕方の話」という詩で、一読、こんな奇抜で愉快な詩があるのかと驚かされた。

向こうの曲りかどをまがって

時間に間にあうようにやってきた
赤道の沿線は
昨日が給料日であったので
ゴム製の大きな財布が38ダース売れたとした
明くる日
各種のセールスマンはバスに乗って
夕日を摘みに岬にいった
日曜日の夕方の話である
昨日から　灯台のなかに
岬がめりこんだままになっているのを
視察する目的であった
ボール紙もしくは肉類のような灯台が
幾重にも海で包装されている
そして　たとえば
天気が続いてLサイズの湿度計が
円滑でなくなったとか

雨が降ると灯台がむくんで少し甘くなるとか
ババサした海岸線は
干し草の会話体のようなもので
つまるまい
とか
回数券に似た舌を出したり引っ込めたりして
咳払いを何べんもした

（『キリン論』「日曜日の夕方の話」前半）

奇抜な比喩という点では藤富さんの詩法と通じるところがある。二人は「尖塔」という大阪が発行所だった詩誌で一緒だったから、互いに影響を受け合っていたのかもしれない（柴田は一九五四年、藤富は一九五六年に参加。以後、どちらも一九八八年54号の終刊まで在籍）。

柴田氏は一九二八年生まれ（二〇〇三年没）。生まれも育ちも福岡県。生業は銀行員。一九四六年、山口経済専門学校（現・山口大学）入学後、教員であったシュールレアリストの詩人・上田敏雄と出会い、それで彼の詩の方向は決まったようだった。本作の収録されている『キリン論』（ALMÉEの会）は一九七一年刊で、著者四十二歳の時の第一詩集。

今回、今挙げた二人の詩を昔、何かで取り上げたことがあるなあと思って調べたら、それが出てきた。「青髭」6号の連載エッセイ「ひびわれた窓、ぼうぼうの草⑤〜けだるい夏」の中だった。偶然にも『倒立する古い長靴のための緻密な系統図』と『キリン論』の二冊を同時に取り上げている。この号の発行は一九八一年七月。つまり、それぞれの詩集の刊行年度は違っても、この八〇年前後の同時期に読み、それぞれの詩に強く惹かれていたことが分かる。そして、これらの詩の方法もまた、『漠』以後の詩を模索していた自分にとっては、新たな方向を見出す手がかりのひとつとなった。

（「びーぐる」46号 二〇二〇年一月発行）

『漠』から『さよなら』へ ④絵画と漫画

誰でもそうだと思うけれど、他のジャンルの作品から刺激を受けることが往々にしてある。自分の場合で言えば、絵画や漫画、街中の看板や落書き、あるいは科学の本などなど。それらの何かが脳のシナプスを刺激して、ふっと詩と結びつく。

聴覚の詩人、視覚の詩人、と言うような区分けがされることがあるが、その区分けで言えば、自分は後者だと言えるかもしれない。音楽も好きで、いろんなジャンルの音楽を聴くが、詩を書く上で音楽から示唆を受けたというような経験はあまりない。

そこで今回は、特にこれまで多くの示唆を受けた絵画と漫画について書くことにする。

まずは絵画から。

好きな画家を思いつくままに列挙すると、ゴッホ、ロートレック、マグリット、アンリ・ルソー、ボス、クレー、マナブ・マベ、エッシャー、スタシス・エイドリゲビチュス、グランマ・モーゼス、熊谷守一、小倉遊亀、堀文子、東山魁夷、長谷川潾二郎、谷内六郎、原田泰治、ながたはるみ等。

いずれも詩を書く中で何らかの示唆を受けた画家たちだが、この中で直接詩作とつながったのがマナブ・マベ。この画家については42号で少し触れたが、あらためて詳しく紹介したい。

一九二四年（大正十三年）熊本県生まれ。日本名は間部学。一九三四年、十歳の時に一家でブラジルへ移民する（当時はブラジルへの移民が多かった）。成人後、コーヒー園の経営に従事しながら油絵を描き始め、やがて国際的にも評価される画家となる。

この画家を知ったのは、一九七八年、万博記念公園内にあった国立国際美術館（現在は大阪市の中之島に移転）で開催された「マナブ間部展」でだった。副題には「ブラジルの巨星＝その熱い抒情」と付いていて、まさにその絵は原色の強烈な色彩に満ちた抽象画だった。そして、抽象画ではあるけれど、様々なイメージを喚起する形象を持った絵でもあった。

これらの絵からいくつもの詩を作った（数えてみたら五篇あった）。そのうちの二篇は詩集『漠』に収めた。42号に引用した「絶望の果てに」と44号に引用した「無限」の二篇。他の三篇は出来が良くないと判断したのか、収録を見送っている。その内の一篇は次のような詩。

夢みる

ご飯を炊かない日には
炊飯器の外れたコンセントから
さみしげな童話が
グッグッ
とめどがありません
拭いても拭いても
あとからとめどがありません
誰ひとり訪ねてこない午後
わたしは庭に出て犬の相手をします
彼はとんだりはねたりするだけの
ありふれた茶色の雑種です
「お坐り」と「お手」以外はできません
薄曇りの空の下で
わたしたちは午後のひと時を

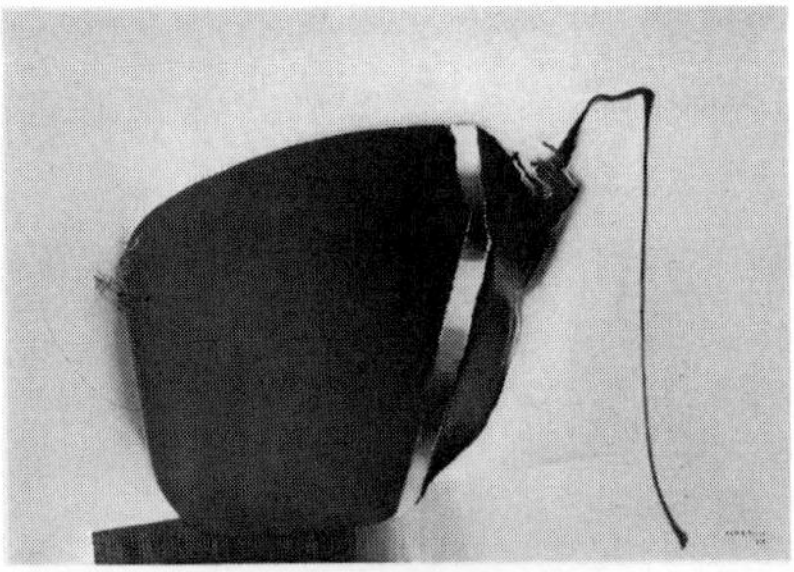

マナブ・マベ「夢みる」

ただじっと向い合って過します
そのうちに
どこからかお経の声が流れてきます
犬は一生懸命シッポを振って
わたしを見つめ
わたしはお尻に手をあてて
犬には気づかれないように
懸命に
失くしたシッポを思い出そうとするのです

（「詩芸術」一九七九年五月号所収）

この作品には「マナブ・マベ氏に捧ぐ」と献辞を添えている。対象となった絵は作品名と同じ「夢みる」。今読むとそれほど出来が悪いとも思えないが、これを詩集から外したのは、44号に書いたように、富岡多恵子氏の影響が濃すぎると判断した結果だったと思う。

余談だが、この「マナブ間部展」は熊本、鎌倉、大阪と巡回したあと、ブラジルへ作品が返送される途中、飛行機が墜落し、まさに海の藻屑となった。これをニュースで知ったときは、驚くとともに、とても残念に思われた。

前述の列挙に名を挙げなかったが、直接詩作とつながった画家としてもうひとりジャン・デュビュッフェがいる。この画家も国立国際美術館で行われた「ジャン・デュビュッフェ展」(一九八二年)で知った。やはり抽象画ではあるけれど、絵自体にはそれほど惹かれなかった。ただ「六つのメッセージ」と題された六つの作品の個々のタイトルに惹かれるものがあった。「ジョルジュは明日着く」「いつも貴方のご命令通り」「エミールは帰っていった」「地下鉄のレードル・ロラン出口」「君のことを考えているよ」「私が好まない以上」の六つ。絵自体は新聞紙に墨とグワッシュで殴り書きしたようなもので、タイトルとの関連性は読み取れない。これらのタイトルから喚起されて書いたのが『さよなら』に収めた「六つのメッセージ」。

これはまた思潮社が創立何十周年かを記念して創設した第一回現代詩新人賞(一九八二年)への応募のために書いたものでもあった(第一回としているが、確かこの一回限りで終わったような)。かなり長い分量の作品が応募規定で求められていたので、六篇連作の形で応募した。それなりに力を入れて書いたが、受賞には至らなかった。受賞は平田俊子さんの「鼻茸」と題された連作だった。次のような作品。

お猿畑に猿がなる

ごろんごろんところがって　畑一面猿がなる
お猿畑で背をまるめる
猿が背中をまるめている
毛深い足はなかほどから　土に埋まって抜けないでいる　動けないでいる　抜けないでいる
猿が泣く　降っても照っても座っている
猿泥棒もおらず買う者もない
歯をむきだして猿が泣く
耳から虫が蜜をすい　足にもうじゃうじゃたかっている　猿はうつむいて泣いている
猿が腐る
ぼたぼた汗をかいてずるずる皮がむけ
肉がとけ　柘榴のように裏返る

（「田園」前半）

かなり不気味な作品だが、独自の世界が感じられる。これを読み、これはかなわないなあと思ったのを覚えている。力の差を認め、さらなる精進を続けていくよりほかなかった。

次に漫画から。

同様に好きな漫画家を列挙する。

樹村みのり、つげ義春、伊藤重夫、高野文子、原律子、やまだ紫、森雅之、おーなり由子、森下裕美、泉昌之、どおくまん、山上たつひこ等。

この中で少年時からずっと読み続けているのが樹村みのり。いわゆる少女漫画家だが、他の少女漫画家とは一線を画している。目のキラキラした少女や王子様の出てくるような恋愛ものは描かないし、ボーイズラブも描かない。「ベルサイユのばら」のような西洋を舞台にした大河ロマンも描かない。描かれているのはありふれた少年や少女の日常であり、その中で生じる悲しみや違和感が繊細なタッチで描かれている。

初めてその作品に接したのは、妹の買っていた月刊漫画誌「りぼん」(一九六六年十二月号)に掲載されていた「雨」という作品だった。当時は少女漫画なんて読まなかったけれど、何気なく目にしたこの作品にひどく心を揺さぶられた。幼稚園のとき、母親を交通事故でなくし、乱暴な伯父に引き取られた少年の屈折した心情が、一本の傘を通して巧みに描かれている。

ぼくはずっと
待っていたような気がする

小さい時の
あの雨の日から
ずっと
ずっと……

級友の絵を破いたと誤解され、教室から雨の降る外へ飛び出した少年に、そっと傘を差し掛ける少女。それは雨の降る幼稚園で、迎えに来るはずの母親が死んだと知らされ、その時からずっと待ち続けていた傘でもあった。唯一彼の味方になってくれた少女に母親の姿を重ねたこのラストのセリフは心に沁みる。このとき作者は十六歳の高校一年生。その早熟振りに目をみはり、それ以来大ファンになった。

樹村みのりの作品には詩に通じるようなネーム（セリフやモノローグ）が多い。例えば、次のようなネーム（改行は任意に行っています。以下同）。

のり子ちゃんの心のひずみは
なくなったわけではない

けれど結局
わたし達はみな
それぞれ
自分自身の心のひずみと
ひとりで闘っているのでした

人びとが
身近に
なつかしく
感じられるような日には

高く青い空に浮かぶ
無数のパラシュートが
わたしたちを
祝福してくれるように
見えたとしても

樹村みのり「悪い子」

（「悪い子」ラスト）

そして次のネームは、第三詩集『キリンの洗濯』に収めた詩「訪問」の本文の前に添え書きとして使っている。

トントン
――わたしは空をノックする
「入れてくださいな」
――生きたいので

（「訪問」ラスト）

まだまだ素敵なネームはあるが、これぐらいにして、次は高野文子さん。一九五七年生まれ。新潟県出身。

この人の漫画からも多くの示唆を受けた。初めて目にしたのは「玄関」という作品。これも「雨」を読んだ時と同じぐらい感動した。初出は「プチフラワー」（一九八一年秋の号）。これはその雑誌から切り抜いたものを持っているので、初出時に読んだのは間違いない。ただこんな少女雑誌を自分で買うはずもないので、やはり妹が買ったのを読んだのかもしれない。
小学校五年の夏休み、主人公のえみこは海水浴へ行き、おぼれそうになる。以来、水に近づくのが恐くなり、学校のプールでも泳ごうとしない。そのため母親と一緒に学校に呼び出され、先生から注意を受ける。「この時期のお子さんによくある現象、今まで何ともなかったあるきっかけで、恐怖心に、第二次過程に……、ですから本人が多少、ってでも今それを克服しないと、いつまでたっても……」。先生からそんな話を聞いた帰り道、お母さんはえみこに「女の子だもの　無理して泳げなくったっていいわねぇ」とやさしく言う。それを聞いたえみこの目からふいに涙がこぼれる。そうして、次のネームでこのひと夏の物語は終わる。

白いほこりの道にできた
八角形の日がさの影は
ふじ色とだいだい色を
まぜたような色をしていました

「図画のとき
地面は茶色をぬるけど

今度はふじ色と
だいだい色をぬってみよう」
と思いながら帰りました

夏休みが
終わります
赤い soda《ソーダ》 の
夏休みが終わります

長い夏休みは子供時代の象徴であり、〈赤い soda《ソーダ》〉は少女が子供から大人へと移る第二次性徴の血の色とダブって見える。

本作は高野文子の最初の作品集『絶対安全剃刀』（一九八二年　白泉社）に収められている。このとき作者は二十四歳。樹村みのり同様、恐るべき才能を感じた。氏については、本誌6号の特集「詩への航海　異境の海へ」でインタビューをしているので、そちらも併せてご覧いただければ幸いです。

樹村みのりも高野文子も絵がすこぶるうまい。きちんとデッサンができている。絵が下手な

「玄関」ラスト

漫画はそれだけで読む気がしない。先に挙げた漫画家はみな絵がうまい。そしてそれぞれタイプは違うが、いずれもこちらのシナプスを刺激する。すべての作者を紹介したいが誌面に限りがあるので、もうひとりだけ紹介します。

森下裕美《ひろみ》。一九六二年生まれ。奈良県出身。テレビアニメ化された「少年アシベ」で有名だが、筆者の好みは『荒野のペンギン』（一九八五年　集英社）と『金魚のまくら』（一九八五年　青林堂）。

『荒野のペンギン』の方は冴えないオジサンを主人公にしたシリーズ物で、ユーモアとペーソスにあふれている。『金魚のまくら』は初期の短編集。初出はほとんどが「ガロ」で、さまざまな趣向に満ちた作品が収められている。その中の一篇、「夏休み」は母子家庭の男の子と、一日寝てばかりいる女の子の話。最初の方からネームを拾っていくと次のようになる（一部略）。

彼女はかわった
事ばかりするので有名だ

夏休みに入るまでは

休み時間に
運動場で　足で線をかいて
遊んでいた

この夏休みは
夢を見る事に熱中している

しばらく僕が行かないと
彼女の方からやってくる

彼女の長い夢の話を
我慢して聞けるのは
僕しかいないからだ

僕はとりあえず
花の絵をかく事にした

森下裕美「夏休み」

母のいない
夜は
背中が淋しい

漫画は絵とネームがセットになっているので、ネームだけひろっても全体の世界がつかみにくいが、それでも多少は詩的なものが感じられるのではなかろうか。

ちなみに拙作「金魚の昼寝」（二〇〇八年『雲の映る道』所収）は、同じく『金魚のまくら』に収録されている「夢の金魚」がベースになっている。読み比べてもらえたら、どうアレンジしたか分かってもらえるかと思う。

まだまだ書きたいことはあるけれど、字数が尽きたので今回はここまで。次回は『キリンの洗濯』へと向かいます。

（「びーぐる」47号 二〇二〇年四月発行）

『キリンの洗濯』へ　①父のことなど

第三詩集『キリンの洗濯』は一九八九年三月一日に初版が刊行された。発行元はあざみ書房。すなわち藤富保男さんの個人出版社である。細かいいきさつは忘れたが、そろそろ次の詩集を出したいと思い、どこから出したらいいかなど、藤富さんに相談しているうちに、「じゃあ、僕の所から出しませんか」ということになったんだと思う。

『キリンの洗濯』と言えば、そのタイトルからして動物詩集というイメージが強いが、動物を描いた詩はそれほど多くはない。四章に分けたうちの最初の一章に動物の詩を中心に収め、あとは散見される程度である。正確を期すために今回動物の詩がどの程度あるか調べてみた。

一章―全十六篇の内十篇（この中にはゴキブリや、オコゼラポウという架空の動物、馬車も含む）

二章―全十三篇の内二篇（犬や猫、蠅や蚊といった日常風景として登場する動物は除く）

三章—全四篇の内0篇（犬は除く）
四章—全九篇の内二篇

全体では四十二篇中十四篇にすぎない。それにもかかわらず動物詩集というイメージが強いのは、前述したように『キリンの洗濯』というタイトルと、一章にさまざまな動物が多く出てくるからだろう。

この動物の詩がどのようにして生まれてきたかについては次回にあらためて書くことにして、今回はまず全体の概要から記します。

本書には前詩集『さよなら』以後、すなわち一九八三年から一九八八年まで六年間の作品を収めている。制作順で言えば、二章と三章に概ね古い作品を集め、一章と四章に新しい作品を置くという構成になっている。

収録作品中最も古い作品は、「春になれば」「蛍の光」「白鳥」の三篇。いずれも「青髭」十一号（一九八三年三月）に載せた作品で、それらを見てもらえば分かると思うが、内容的には『さよなら』の延長線上にある。

久しき昔
遠く、楽しかった日々

そして
君との長い月日の暮し
許し合ったり
憎み合ったり
あれやこれやあったけど
それもこれも
みんな水に流して
いつしか年もすぎのとを
あけてぞ　けさは
わかれゆく

（「蛍の光」最終部）

この年の八月に離婚。この詩を書いたときにはまだ離婚には至っていないが、前年の暮れ頃から離婚に向けての話し合いを行っていたのだと思う。と何だか人ごとのような書き方だが、もう三十年以上も前のことなのではっきりとは覚えていない。ともかくこの出会いから数えると十年以上もいっしょに過ごした女性との別れを引きずった詩が、この詩集全体に流れる通奏低音ともなっている。

一方、生業の宮仕えへの苦しさを描いた詩も多く見られ、それが本書のもうひとつの流れにもなっている。

自分の好きなことがそのまま仕事になっているという、そういうめぐまれた人はまれだろう。たいていの人は生活の糧を得るために多少の苦しさは我慢して勤めている。自分もまたそれは覚悟した上での宮仕えであったが、実際にその場に身を置くと少しずつ耐えられなくなってきた。仕事の内容がキツイといったようなことではなく、時間に縛られるということが苦痛で仕方なくなってきた。この時間にもっと創作に打ち込みたい。そんな気持が日々増していった。

勤め始めて三年目か四年目の時、上司に辞職を申し出た。辞めて次にどうするか何の当てもなかったが、まだ二十代半ばで、まあ何とかなるだろうとノーテンキに思っていたのだろう。そうして上司の慰留を受けているとき、辞職を撤回せざるを得ないことが起こった。父の体に異変が生じたのだった。突然声が出なくなるという異変。しゃべろうとしているのに声が出ず、苦しそうにしている父を見て、いったい何が起こったのかわけが分からずに驚いた。体のどこかの異常からくる異変ではなく、原因は精神的なもののようだった。

戦争中、外地へ派兵されることもなく、一年ほどの兵役で無事に海軍から復員した父は、どういういきさつからか警察官になった。痩せていて体力がありそうもなく、また神経質であった父には警官という職業はかなり苦痛であったに違いない。その異変が起こる前から、辞めたい辞めたいと母には漏らしていたようだ。母は家計のこともあり、そのたびに説得していたが、この異変によって、了承せざるを得なくなった。その後、心労から解放されたおかげか、半年ほどで父の声は元通りに出るようになった。そして定年まで二年ほどを残して父は警察を早期退職した（当時の定年は五十五歳）。その後、一年ほどの休養をはさんで、警察とはまったく縁のない団体に再就職した。

その職場の帰り、父はときたま丘の上にある我が家に立ち寄った。そのときのことを、前号の樹村みのりさんの漫画のところでも記した「訪問」という詩で書いている。

よう殺されよんなあ
と父が言った
テレビの話である
どうやら悪役専門の俳優らしい
時代劇と刑事物が好きな父に言わせると
彼は

出るたびに殺されているという
学歴もなく
テレビと犬の散歩だけが趣味のような
父の家の本棚には
秀吉や龍馬や西郷がびっしりと肩を寄せ合っている
大卒の息子も歴史だけは父にかなわない
何ヶ月かに一度実家に帰り
歴史の話をすると
父はとても嬉しそうな顔をする
警察を三十年勤め上げ
その間
一度も殺されることのなかった父が
息子の家で
テレビを見ながら
「たまには殺してみたいやろ……」
と　ぽつりと言う

（しかし、あの顔ではムリだろう……）
テレビに主役のキレイな顔がアップでうつる
人をさんざんに斬り殺し　晴々とした顔で笑ってる
父は自転車に乗って帰っていった
三十年間
一度も
殺すことも殺されることもなかった父が
家の前の急な坂道を
ブレーキを必死でかけながら下りていく
その後ろ姿を見送った

（初出「スフィンクス考」2号一九八四年十月）

再就職先の団体に十二年勤め、六十五才で退職、そして二〇〇五年六月に八十歳で他界した。亡くなる前、病院のベッドから突然立ち上がろうとして、どうしたのかと聞くと、仕事に行くと言う。どこへと聞くと、何か地名のようなものを言う。母に聞くと、それは若い頃に勤めていた警察署だと言う。亡くなる直前まで、警察での仕事が亡霊のように頭にこびりついていたようだ。なぜそんなふうになるのか、今はよく分かる。自分もまた、仕事を辞めてから二十年近くなるのに、未だに職場の夢をよく見るからだ。

最初の辞職の希望はこうして挫折したが、三十代半ばの頃、再度辞職を試みている。このときもまた諸々の事情が重なって退職には至らなかった。ようやく念願の退職ができたのは二〇〇二年、五十歳の時だった。まさに三度目の正直というやつであるが、それはまた後の話。いずれにしても、この『キリンの洗濯』に収めた詩を書いていた頃は、「職場」という重荷から解放されたいという思いがかなり強くなっていたようだ。次の詩などにはそれが端的に表れている。

車でも当たったのか
一方通行の標識が途中で折れて
上の方を指している
毎日、職場へ行く途中
その側を通る
通る時
あっち

と指さしているような矢印に
誘われて
時々空に目をやってみる
晴れた日には晴れた空が見え
曇った日には曇った空が見える
ただそれだけ
ほかには別に何もない
それでも
遠い空を見ながら
思う

　　あっち、か……

いつもの道を
そして　また歩き出す
今歩いているのとは違った道のことを

ぼんやりと
考えながら

（「別の道」全。初出「ハリー」10号一九八八年一月）

また、動物シリーズとされる詩にも、一見それとは分かりにくいが、同様の思いを書いた作品がけっこうある。例えば、「てこの原理」と題した次の詩などもそのひとつ。

朝
出かけていくたびに
自分が
向うへずれていく
はるか向うの端に
今朝も　何かが乗っている
象か

ワニか
カバか知らないが
何かが乗って
少しずつ
向うが重くなっていく

毎日
少しずつ傾斜が急になっていく

それに
負けないように
こちらにも
重い
象か
ワニか
カバが

わたしは欲しい

（初出「ハリー」6号一九八七年五月）

どちらも「ハリー」という詩誌が初出。

この詩誌は一九八六年にH氏賞を受賞した鈴木ユリイカさんを中心に、同年七月に創刊された詩誌で、僕は創刊号から参加している。これまで自分が主宰する詩誌はいくつも出してきたが、他者の主宰する詩誌に参加するのは（初期の文芸誌を除き）これが初めてだった。同人は阪本若葉子、中本道代、國峰照子、永塚幸司、征矢泰子ほか総勢十九名という大所帯。このとき自分は「青髭」と「スフィンクス考」の二つの詩誌を編集発行していた。その上にさらに別の詩誌へ参加というのはちょっとキツイかなと迷ったが、当時、東京での飲み会の仲間であった中本道代さんからのお誘いであり、同人の顔ぶれにも少しく惹かれるものがあったので、参加のお誘いを受けることにした。

同人は自分以外全て関東在住で、滅多に顔を合わす機会はなかったが、たまに上京した折、こちらの都合に合わせてもらったのか、何度か同人の集まりを設けてもらったりした。その中で特に印象に残っているのが、阪本若葉子さんのご自宅で行われた集まりだった。参加者は十名ほどだったような気がする。そのときどんなことを話したのか全く覚えていないが、広いリビングのある豪邸は今も記憶に残っている。

阪本若葉子さんと言えば、戦前、「四季」等で活躍した詩人・阪本越郎の娘さんであり、夫は狂言師で人間国宝の野村万作。その子が今は俳優としても活躍している狂言師の野村萬斎。さらに阪本越郎の父は福井県や鹿児島県の知事を務め、作家の高見順は越郎の異母弟で、越郎と永井荷風はいとこ……というような代々の名家である。そんなことはみな後で知ったことであるが、豪邸であるのもさもありなんと思えたことだった。

「ハリー」という誌名は、この創刊年に七十六年振りに地球に最接近したハレー彗星にちなんで付けられている。創刊号に発表した拙作は、『キリンの洗濯』の四章に収めた「論語の今後」という作品。孔子の論語と男性の朝立ちを重ねて書いた何ともふざけた詩だが、今読むと、ここにも宮仕えであることの苦痛と葛藤がその裏にこめられているのが分かる。

ぼくは
朝のうすいフトンの中で
ぼんやりと
思う

三十にして立つ、か……

くり返す思い
くり返す日々の
萎えていくものを
そっとパンツの奥に押し込んで　それから
今朝も
またいつもと同じ場所へと向う
孔子は孔子
ぼくはぼく
と
ひたすら思うことにして

（「論語の今後」後半）

創刊から四年後の一九九〇年六月に二十四号を出して「ハリー」は終わる。三月に『キリンの洗濯』でH氏賞を受賞し、八月には前年に終刊した「スフィンクス考」に代わって「ガーネット」を神尾和寿と二人で始める。九月には長男・雄介が誕生し……というような、この年は自分にとっては激動の年でもあった。

（「びーぐる」48号 二〇二〇年七月発行）

『キリンの洗濯』

『キリンの洗濯』へ　②動物詩の誕生

自分は詩をスタイル（方法）で書いている。こう言うと意外に思われるかもしれないが、実際そうである。もちろんテーマはあるけれど、テーマなどは限られている。喜怒哀楽、極端に言えばこの四種類しかない。その中の、例えば恋の歌など、古今東西、無数に書かれている。内容だけで言えば、新たに付け足す余地はない。探せば過去に書かれたどれかと似たものが必ず見つかる。

それでも人は恋を書く。書かずにはいられないから書く。それはそれで別にいいんだけれど、人様にお見せするものとして書く限りは、多少でもそれまでとは違うもの、独創性の感じられるものを書きたい。それが詩に限らず、すべての芸術において人を創作へとかき立てるエネルギーになっているように思う。

ではその独創性を出すためにはどうしたらいいか。内容に独創性があればいいが、なければ衣裳（スタイル）を変えるよりほかにない。

一九八〇年代後半に出た俵万智さんの『サラダ記念日』は多くの人に迎えられ爆発的に売れた。内容だけで言えば別にたいしたことが書かれているわけではない。表題作の「「この味がいいね」と君が言ったから七月六日はサラダ記念日」というのも、ああそうですか、というよりほかにない。最後に「です」でも付ければほとんど散文になる。それでいてこの歌集が読者に新鮮なイメージを与えたのは、そのスタイルにあったと言える。伝統的な短歌の型枠（五七五七七）に異質な口語、それも日常で使われる話し言葉を流し込み、新たな姿を生み出した。さらに身近な日常を題材にすることにより読解のハードルを下げた。こうした点が普段は短歌など読まない人たちまでも惹き付けたのだろう。

スタイルというのは言わば言葉の器だと言える。同じ内容でも、どのような器に盛るかによって印象はずいぶんと変わってくる。料理にたとえれば分かりやすい。同じスクランブルエッグでも、西洋の白い大きな皿にのせた場合と、備前焼の古風な皿にのせた場合とでは印象が大きく変わる。どのような器に盛るかという、この新たな器の発見が、新鮮さを生み出す鍵となってくる。

自作に話を戻せば、第一詩集『漠』は既成のさまざまな器に言葉を盛ったもので、まだ独自の器の発見には至っていない。第二詩集『さよなら』もまた大半が不条理という既成の器に盛ったものだった。第三詩集『キリンの洗濯』に至ってやっと自分なりの器を見つけることができたように思う。

具体的には動物の出てくる詩篇。単に動物の出てくる詩ならそれまでにもたくさんあった。別に目新しさはない。表題作「キリンの洗濯」もまた前詩集『さよなら』から続く不条理の手法によって書いたもので、それほど新しいとは言えない。

自分にとって新しい器が見つかったと思えたのは「象の鼻」という詩ができたときだった。アルキメデスが風呂場で新しい物理の法則を思いつき、思わず口から発したとされるユリイカ！（見つけた！）ではないけれど、この詩の最初の二行を思いついたとき、まさに「ユリイカ！」とでも叫びたい気持になった。まずその詩を次に記します。

世界の端っこに
鼻のない象がいて

午後には
おばさんがきて

夜には
君が横にいて

ぼくは
長い長い夢を見る
広い砂漠を
あてどもなく歩いていく夢だ
象の鼻をひきずって
何故こんなものを借りたのか、と
考えながら

（初出「ハリー」5号　一九八七年三月一日）

この詩は最初はもっと長い詩だった。推敲するほどに長くなっていき、それでもいっこうにできたという感じがしなかった。放置しては見直し、というのを繰り返し、半年ほど経った頃だったか、ふっと最初の二行がひらめいた。そのきっかけとなったのは次のようなたわいない空想だった。
象のあの長い鼻を庖丁か何かで輪切りにしたら、まるで金太郎飴のように、どこも同じ断面になるな。先っぽから上へちょんちょんと切っていくと、顔のところまで来て、ついに長い鼻がなくなってしまう……。

と、ここまで考えたとき、とつぜん最初の二行がひらめいたのだった。まさにミューズが降りてきた瞬間だった。このあと一気に最後まで書き上げた。半年考えていてもできなかった詩が、ほんの十数分でできたのだった。

このとき確かに今までにない器を発見したのだが、それがどんな器か説明するのは難しい。動物を擬人化するのでもないし、アレゴリー（寓喩）のように使うのでもない。自分でもよく分からないのだが、この今まで見たことのない器で今までとは違った詩が書けると思った。そうして次々とこの器に言葉をのせて書いていった。「春」と題した次の詩もそのひとつ。

オオカミのような動物が
べろっと長い舌を出す
食べられちゃうかもしれない
と人は

グーを出す
オオカミのような動物はパーを出す
その一瞬
世界はしんと静まり返り
夕日が
地球の向うに落ちていく
いつだったか
遠い昔
そんなふうにして
誰かと　たったふたりっきりで　この世に
立っていたような
気がする
春
縁側で
ひとり坐っていると

（初出「ハリー」11号　一九八八年三月一日）

『キリンの洗濯』刊行後まもなく、朝日新聞の「ヤングアダルト招待席」というコーナーに本書が取り上げられた（一九八九年四月二十三日付朝刊）。「つぶされて」と「てこの原理」の二篇が紹介され、「問答無用、説明不要の面白さ」と記されていた。筆者名は（瑞）とだけ記されていて、誰が書いたのか分からなかったが、のちに英米文学翻訳家の金原瑞人さんだと分かった。この書評のおかげで、発行元のあざみ書房には全国から注文が殺到した。電話が鳴りっぱなしでてんてこ舞いをしたと、のちに藤富保男さんから聞いた。詩人だけでなく、一般の人にも本書は受け入れられたのだった。引用された「つぶされて」にしても「てこの原理」にしても決して分かりやすい詩ではないのだけれど、金原さんが「説明不要」と書いているように、多くの読者は詩の深い意味などではなく、言葉の流れや展開におもしろさを感じてくれたのだと思う。

「象の鼻」で得た新しい「器」とは、こうした意味を超えて伝えうる形であったのかもしれない。

朝日の書評が出てから、他の新聞や詩誌でも取り上げられるようになり、さらに注文が増えた。初版四百部はすぐになくなり、急遽増刷した五百部も年内にはなくなり、そのあと恐る恐る（？）出した千部も翌年三月のＨ氏賞受賞後にはなくなり……。という具合に自分の知らないところでキリンは広まっていった。

Ｈ氏賞授賞式でのスピーチで僕は次のようなことを言ったという（もう忘れていたが、今回当時の資料を見返していたら、授賞式の模様を伝える新聞の記事に書かれていた）。

この詩集は新聞の書評欄で取り上げられて、結構売れたのですが、「タイトルがいい」とか「表紙がかわいい」などと言われて、僕が賞を取ったというより、この本が賞をぶん取ってきたといった感じです。

実際、本を手にした知人たちからこんなふうによく言われ、そのたびに、「マンガの本と間違って買った人がいるかも（笑）」などと冗談半分で言ったりしていた。

表紙の絵は漫画家の原律子さんに描いてもらった。原さんは知る人ぞ知るＨ系ナンセンスマンガで知られる漫画家。この人のマンガをどこで初めて知ったのか覚えていないが、第一漫画集『改訂版大日本帝國萬画』（一九八五年刊　双葉社）は当時お気に入りの一冊だった。Ｈな内容だから好きというわけではなく、そのナンセンス具合、飛躍の仕方が詩を書く自分には刺激的だった。例えば、「ゆきだるま」と題された次のような作品（ネームは雪だるまの父母の会話になっている)。

はるがくるので
「うちのむすめはげんきがないねえ。」
「ごはんもろくに　たべません。」
だつてむすめは
つくしにおかされていたんですもん。
でもああた、となりのむすめなんか
たけのこなんですよ。ああいたい。

見開き二ページ・四コマのたったそれだけの作品。すごくシュールだと思いませんか？　絵はいわゆるヘタウマのタッチだが、ところどころにとても丁寧に描かれた絵がはさまれていて、実際はとても絵のうまい人だと分かる。またそこには詩情も感じられた。

原律子「第４話」扉

原律子「ゆきだるま」

　こうした絵を見て、新しい詩集の表紙は原さんにお願いしたいと思ったのだった。といっても、氏とは全く面識がない。なんとか住所を調べ、一か八かでお願いすることにした。依頼は発行元の藤富さんからしてもらったのだったと思う（この辺りの記憶は飛んでいる）。結果は、快諾だった。

　どんな絵が届くかと楽しみに待っていた。そうしてやがて届いた絵を見て愕然とした。それは物干し竿に洗濯鋏で吊り下げられたキリンの絵だった。あまりに直接的すぎるのと、洗濯鋏にはさまれたキリンの背中の皮がのび、見ていて痛々しかった。

　どうもこれではと思い、描き直してもらうことにした（これはたぶんこちらから連絡したのだと思う）。やがて原さんからできたとの連絡があり、ちょうどその頃上京する機会があったので、直接受け取ることにした。日は一九八八年十二月十七日（土）。待ち合わせたのは、氏の自宅の最寄り駅の喫茶店だった。現れたその人を見て驚いた。とてもHなマンガを描いている人とは思えない、清楚な感じのお嬢さんだった（しかも美人！）。今回調べたら一九六二年十月生まれとなっているので、当時はまだ二十六才だったことになる。

　何はともあれ、その落差に驚きつつ、手渡された絵を受け取った。二種類の絵があり、そのうちの一枚が気に入った。草原にキリンが背中を向けて立っている絵だった。その背中からそこはかとない哀愁が漂っているように思われた。「これ、いいです！」と言って、その場で表紙の絵は決定した。

ちなみに、扉に使われている洗濯機の絵は、最初に送られて来た絵の下の方に配されていたもので、これは気に入ったので、そこだけ切り取って扉に使わせてもらうことにした。

もうひとつ表紙に関して付け加えておけば、初版のキリンと二版以降のキリンとは色が違っている。初版のキリンはオレンジ色で、二版以降のキリンは黄色になっている。キリンをオレンジ色にしたのは、作者の原さんが夕日に当たったキリンをイメージしたのだろう（とずっと思っていた）。それをキリンの色らしくないと思って（たぶん）作者に断りもなく僕は黄色に変えた。その黄色は扉の洗濯機の下の黄色に合わせてもらった。

しかし今、よく考えてみると、キリンの体色って黄色ではなくオレンジに近い色なんですね。原さんは夕日とは関係なく、実際のキリンに近い色にしただけだったのかもしれない。いずれにしても、この変更は作者に申しわけないことをしたと思っている。今となっては遅すぎますが、原さん、ごめんなさい。

そんなあれやこれやで『キリンの洗濯』の表紙はできたのだが、当時としては表紙に、それも詩集の表紙に漫画家の絵を使うなど皆無だったのではなかろうか。今は売り上げを伸ばすために、難しい哲学書の表紙などにもさかんにマンガふうの絵が使われたりしている。『キリンの洗濯』は、表紙に関して言えば、時代の少し先を行っていたと言えるかもしれない。もちろんこちらは売り上げのことを考えてなどではなく、原さんの絵が純粋に好きでそうしただけのことであるのだけれど。

冗談半分で言っていたような、マンガの本と間違って買った人はいないと思うが、この表紙に惹かれて本書を手にした人も多かったのではないかと思う。それを思えば、表紙の絵を描いてくださった原律子さんと、その絵をうまく活かした装幀をしてくださった藤富保男さんには感謝するほかない。


『キリンの洗濯』刊行後、よく「動物園にお勤めですか?」と聞かれた。そのたびに、いえ違います、どちらかというと植物の方です、などと答えていたが、それだけこの詩集に出てくる動物たちの印象は強く読者の頭に残るようだ。

刊行から四ヶ月が経った七月に読売新聞（大阪本社版）の女性記者から取材を受けた。何らの賞をもらったわけでもない（H氏賞受賞は翌年）人間にこうした取材をするというのは珍しい。本書が他社の新聞等で話題になっているのを見て興味を持たれたのだろう。

取材場所は自宅であったが、後日、写真を掲載したいということで、撮影場所に動物園を指示された。大阪の天王寺動物園だった。

約束の場所に着くと、まっすぐキリンの園舎に連れて行かれて、それではここで、とキリンの前に立たされた。あまりのベタさにひるんだが、こちらは無名の詩人。素直に応じることにした。
当時の記事を見返すと、キリンをバックに、照れくさそうに笑っている若い日の自分がいる。二頭のキリンが、何だこいつは、というふうに、横目で僕を見下ろしている。

（「びーぐる」49号 二〇二〇年十月発行）

『キリンの洗濯』出版前後　① 出会いと別れ

『キリンの洗濯』では表紙だけでなく、本文のページ割りにもこだわった。「破裂」という詩では、タイトルをページの中央に置き、次のページには「夜に／どこか遠くの扉がひらく」と二行だけ置いた。「ホッチキスがやってきて」という詩では、タイトルと本文との間が通常五行のところ八行空きにして、次のページには「(はずれない)」という一行だけ置いた。「三分間」という詩では「破裂」と同様、タイトルをページの中央に置き、次のページから本文が始まるようにした。何故このようなことをしたのかというと、詩の最後が偶数ページ（右ページ）に一行や二行だけ残るのを避けたいと思ったからだった。単にそれを解消するためだけならタイトルと本文のあいだの間隔を調整すれば済むだけの話であるのだが、それだけではおもしろくない。何かもっといい方法はないかと考え、そのようにしたのだった。結果として、それなりに効果的なレイアウトになったのではないかと思う。編集をしてくださった藤富さんはなんとイレギュラーなことをするのかと思われたかもしれないが、こちらのそんな面倒な注文に快く応じてくださった。

もうひとつ、通常の詩集ではしないようなこともした。「CALL」という作品。このタイトルは活字ではなく自分で書いた文字を使うことにした。何故そんなことをしたのか今では覚えていないが、詩の内容からしてその方が合うと思ったのだろう。

さらにもうひとつ。この詩集には現在ではほとんど見られない特徴がある。大半の方はお気づきでないと思うが、本書は活版で印刷されている。出版された一九八九年当時、印刷は写植印刷が大勢を占めるようになっていて、活版印刷はまさに風前の灯火だった。そんな状況だから印刷費も写植に比べて割高だったと思う。それにも関わらず活版印刷を藤富さんが選ばれたのは、それだけ活版印刷にこだわりを持っておられたからだろう。活版印刷は紙に文字が食い込み、指の先で文字をなぞれば、かすかにではあるがそのへこみが分かる。活版印刷愛好者にはそれがたまらない魅力であるのかもしれない。

ただ活版印刷ではたまに版から活字がぽろっと落ちるようなこともあるようだ。どういう理由でか分からないけれど、本書九版（一九九八年）では「てこの原理」一行目の「朝」が抜けて印刷されている。これは長い間気づかずにいた。何の修正もない増刷でそんなことが起こるとは思いだにしないので、本が届いても目を通したりしない。それに気づいたのは、二〇一五年にハルキ文庫「高階杞一詩集」が出た時だった。校正の段階で「朝」がないのに気づき、修正を求めると、校閲者から、原書には「朝」がないという返事があった。そんなバカなと思って九版を見ると、確かに「朝」がない。それでやっと抜け落ちに気づいたのだった。それにしてもどうしてひとつの活字だけ落ちたんだろう？　未だに疑問です。

話が横道にそれたので元に戻します。

これまで述べてきたようなあれやこれやを経て、『キリンの洗濯』は一九八九年二月に刊行された（奥付の発行日は三月一日）。そして翌年三月十日（土）にH氏賞を受けた。

受賞の知らせがあった日は妻（当時）と出かけていた。まず大阪・天神橋六丁目にあった市営墓地へ祖母のお墓参りに行き、そのあと、今はもうなくなった戎橋劇場（グリコの看板で有名な戎橋にあった名画座）に映画を観にいった。日録を見ると観たのは「市民ケーン」と「恐怖への旅」の二本立てとなっている。「市民ケーン」はオーソン・ウェルズの監督・主演映画で、名画中の名画とされている映画だが、半分ぐらい寝ていた。当時としては画期的な映像技術によって高い評価を得ているようだが、内容的にはどうなんだろう。今観ても寝てしまうような気がする。もう一本の「恐怖への旅」はどんな映画だったのか全く覚えていない。ひょっとしたら目的の「市民ケーン」だけを観て映画館を出たのかもしれない。

映画のあと妻と別れ、職場の同僚の結婚披露宴へ行った。二次会などにも参加して、家に帰ってきたのは午後十一時を過ぎた頃だった。受賞の発表がある日だということは知っていたが、結果を知るのがなんだか怖くて、早く家に帰る気にはならなかった。

玄関の扉をあけて、出迎えてくれた妻の第一声は、「電話がいっぱいかかってきて疲れた」というものだった（妻には受賞発表のことは何も話していなかった）。それで初めて受賞を知った。そのあとワインでささやかな祝杯をあげた。

受賞発表後、さまざまなメディアから取材を受けた。新聞、雑誌、地元のミニコミ誌等。それらによってH氏賞というのがすごい賞なんだという事があらためて実感された。四月には東京のラジオ局・ニッポン放送の方から電話があり、『キリンの洗濯』をドラマ化したいという話が舞い込んだ。そしてわざわざ東京から大阪まで打ち合わせに来られた。詩集をラジオドラマ化？ どんな内容になるんだろうと放送日を待った。と言っても大阪までは電波が届かないので、実際にその放送を聞いたのは後日送られて来たテープによってだった。

放送日は五月二十六日（土）。タイトルは「ラジオポエム　キリンの洗濯」となっていた。放送時間は三十分。選ばれた十五篇の朗読と、その合間を女の子の夢見るようなおしゃべりでつなぐという構成になっていた。台本と構成は、現在テレビの脚本家として活躍している梅田みかさん。朗読は俳優で声優でもある草野大悟、萩尾みどりの二氏。間をつなぐおしゃべりは同じく声優の小林優子氏。朗読には音楽や効果音が付けられて、なかなかおもしろい仕上がりになっていた。今回この原稿のため、聴き直してみると、もう忘れていたが、最後の五分ほどに自分も出演している。たぶん事前に電話でインタビューを受けたものだったと思う。緊張のためか、たどたどしく、ぼそぼそとしゃべっている。今聴くと何とも恥ずかしい。

六月二日（土）には、現代詩人会主催の「日本の詩祭」において授賞式があった。その受賞スピーチで自作の朗読をさせられた。そのあまりのヘタさに耐えられず、「スフィンクス考」同人であった五月女素夫《そとめそふ》は途中で帰ったと言う。それはあまりに冷たいんじゃないの、五月女君。と今更言っても遅いけど。

七月にはH氏賞の選考委員でもあった三井葉子さんが受賞を祝う会を開いてくださった。参加者は関西在住の詩人四十名ほど。それまで地元の詩人たちとの交流はほとんどなかったので、大半が初めて会う人だった。この会のおかげで関西圏の知人も少しは増えた。特に会を開いてくださった三井葉子さんにはその後いろいろとお世話になった。主宰詩誌「楽市」の座談会に何回か呼ばれ、そのたびに御馳走になったりもした。晩年は脚を悪くされ、何かの会合のあと、並んで歩いていると、さりげなく腕を組まれてきた。とっさのことでとまどったが、そのまま四方山話をしながら歩いたことなど懐かしく思い出されてくる。

もうひとり、この会で出会った島田陽子さんにも何かとお世話になった。それまで島田さんのことは全く知らなかったので、会場で「島田陽子です」と名乗られてもピンと来ず、女優の島田陽子と同姓同名なんだなあと思った程度のことだった。司会者の紹介によってであったか、島田さんが大阪万博のテーマソング「世界の国からこんにちは」の作詞者だということもこのとき初めて知った。それで作詞の世界の人なんだと思ったが、その後、現代詩も長く書いてこられたということを遅まきながら知った。万博つながりで、島田さんには勤めていた万博記念公園で何かの記念式典があった時、来賓として来てもらったりしたこともあった。

お二人とも既に鬼籍に入られた。三井さんは二〇一四年に七十八才で、島田さんは二〇一一年に八十一才で、それぞれ立派な仕事を残して旅立たれた。そんなお二人を偲んでここにそれぞれの詩を紹介したい。いずれも最後の詩集（島田さんの方は没後に出た遺稿集）から。

猫

三井葉子

日だまりで猫が目をつぶっている
いい気持？
と
聞くと

ううん　という
日の光で光っている
幸福？　と聞くとうるさいなアと立ち上って
　行ってしまう

猫の体温が猫のかたちで残っている
さよなら　というのもさびしいので
てのひらで
掬う。

　　　　　いい音がする

（二〇一三年『秋の湯』所収）

島田陽子

酸素の入ってゆく　いい音がしています
痰がとれて　きれいな音です
その看護師《ひと》はわたしの胸に聴診器をあてていった

ああ　木と同じだ
彼らが地中から水を吸い上げる音を聞いたことがある
そのために聴診器を買ったのはいつの頃だったろう
涼しい音がわたしのからだをめぐり
血の流れる道が洗われていくようだった

原始の生きものたちから三十五億年
ヒトの末として三〇〇万年
ひそやかに　したたかに
いのちをつなぐものたちがいて
わたしはここにいる
生きよう　生きたいと

残された時間の中に立っている

（二〇一三年『じいさん　ばあさん』所収）

受賞から三年後に、昔生徒として在籍していた大阪シナリオ学校から講師依頼があり、その翌年には大阪文学学校から講師依頼があった。それぞれ引き受け、ここでも親しい知人ができた。大阪シナリオ学校の方は単発の講義で、毎回受講者が変わるので、生徒たちとそれほど親しくなることはなかったが、事務局の人とは講義後よく飲みに行った。大阪文学学校の方はクラス制になっていて、毎週一回、講義のあとに近くのお好み焼き屋で飲むのがお決まりになっていた。自然、生徒たち（と言っても年齢はさまざま）とは仲良くなった。みんなで泊まりがけの旅行に行ったり、カラオケに行ったり、花見やクリスマスに出かけたりと、濃密で楽しい時間を過ごすことができた。

大阪文学学校の講師をしていたのは一九九四年から九八年までの四年間。生徒の中にはのちに「詩学」の編集長になった寺西幹仁《みきひろ》や現在ガーネットの同人であるやまもとあつこなどもいた。

寺西幹仁は二〇〇七年十一月二十七日、脳内出血のため「詩学」の事務所も兼ねていた自宅で急死した。「詩学」の経営が行き詰まり、同年十月に廃刊したばかりだった。そうした精神的疲弊が死を招いたのだと思う。
ガーネット54号（二〇〇八年三月）で彼の追悼特集を組んだ。略歴等そちらに詳しく記しているが、ここに少しだけ抜粋して記す。

一九六〇年八月七日　鳥取市に生まれる。
一九八〇年四月　近畿大学商経学部商学科入学。
一九八六年四月　コンピュータソフト制作会社にシステムエンジニアとして就職。翌年、東京支店へ転勤。「東京詩学の会」に通い、詩を書き始める。
一九八九年　大阪へ転勤。
一九九五年四月　大阪文学学校に入学し、高階杞一クラスに三年間在籍。
一九九七年十月　第一回「詩マーケット」を開催（於大阪文学学校）。以降半年に一回のペースで開催。十一月、大阪文学学校に同時期在籍していたTさんと結婚。
一九九九年八月　第一詩集『副題 太陽の花』（詩学社）上梓。
二〇〇一年八月　詩学社に入社。編集に携わる。十月　第九回詩マーケットを大阪芸術大学に於いて開催。これが最後の「詩マーケット」となる。
二〇〇三年十一月　詩学社の代表に就任。

二〇〇五年　離婚。
二〇〇七年十月　詩学社自主廃業。十一月二十七日逝去。享年四十七。
この追悼号に寄せた拙文の最後の部分も記します。

（「詩学」代表に就任した）この辺りから、彼にとっては楽しいだけでは済まなくなってくる。単に編集だけをしていればいいという身分から、経営を考えざるを得ない身分となる。経営など、詩を書く人間でもあった彼にとって、もっとも苦手なことであったろう。「詩学」を発行し続けていくために、会社は自転車操業的な日々に陥っていく。
　こうした経営的な苦悩が増すにつれ、彼の風貌も徐々に変わっていった。二年前、久し振りに会った時、口の周りには髭が黒々と生え、髪も丸坊主に近い状態になっていて、外見だけ見ると、まるで暴力団の幹部のように見えた。精神的にもかなり衰弱しているようで、そうした自身の変調に怯えているようでもあった。駅の構内でタバコを吸っている男を注意し、ケンカ寸前になった話などをした後で、「時々自分を抑えられなくなってくるんです」と語っていた。彼の精神を徐々に蝕んでいくものがあるようで、聞いていてつらくなってきた。

そんな苦境の中、金策をしつつ、なんとか「詩学」の発行を続けていたが、ついにこれ以上は無理だと判断したのだろう。「詩学」の廃業を決め、諸々の清算をして、彼は故郷の鳥取へ帰ろうとしていた。それを伝える電話が訃報の一ヶ月ほど前にあった。

「鳥取へ帰ってやり直します」

それが僕にとっては、彼の最後の言葉となった。

受話器の向こうから聞こえてくる声は、穏やかだった。

「詩学」の編集も彼の大事な仕事であったが、もうひとつ彼の功績として「詩マーケット」を始めたことが挙げられる。これは当時盛況だった「コミック・マーケット」(通称「コミケ」)に倣ったものだった。しかし、マンガと詩では読者人口が三桁ほども違う。詩で同様のことをしてもうまくいかないだろうと思っていた。それは彼自身も承知していた。それでも始めたのは、詩を一人でも多くの人に読んでもらいたいという彼の熱意からだった。そしていざ始めてみると、回を追うごとに出店者は増え、盛り上がりを見せていった。そのうち東京でも同様のイベントが行われるようになった。それが今も続いている「東京ポエケット」である。彼の蒔いたタネが大きく花開いたと言える。

「詩学」の編集に専念するようになってから自身の詩作は減っていった。前述したように、

「詩を一人でも多くの人に読んでもらいたい」というのが彼の何よりの願いだったから、それはそれでよかったのだろう。
最後に、彼の詩をひとつ紹介し、この稿を締めくくることにする。生前唯一の詩集『副題太陽の花』から。

四月十三日の菜の花

京阪伏見桃山駅から商店街を抜けて
新高瀬川の土手をTさんと歩く
二十歳くらいの女の子が自転車で来て
写真を撮っている
土手には菜の花が群生している
それを撮っている

――ずっとだよ
ふいにTさんが言う

百メートルくらい上流の方では別の人が
これは三脚を据えて撮っている

——あっちの方がもっとすごいよ
Tさんが言うので
下流へ向かうと護岸工事中で通行止めで
その先は掘り返された土とユンボーがあって
——何年かまえ来たときはこんなじゃなかった
ぼくとTさんは土手に座り缶ジュースを飲んだ
また別の人が
向こう岸で写真を撮っている

ここもなくなるのだろうか
それでこんなに人が来て

写真に残して行くのだろうか
Tさんも写真を撮り始めた
ぼくに向けてシャッターを押した

（「びーぐる」50号 二〇二一年一月発行）

寺西幹仁詩集『副題　太陽の花』

『キリンの洗濯』出版前後　②『星に唄おう』へ

詩集を出した後は（正確には収録作品をまとめ終えた後は）いつも思うように詩が書けなくなる。

49号で書いたように、自分の場合スタイル（方法）で書いているので、詩集はそのスタイルでのひとつの区切りとなる。そうしてそこからまた次のスタイルを模索することになるのだが、それが容易には見つからない。それでも目前の依頼をこなすため、とりあえず前のスタイルでお茶を濁すことになる。

『キリンの洗濯』刊行後も、急激に増えた依頼をこなすため、前のスタイル（動物詩のスタイル）で書いていた。自己模倣に陥っているのが自分でも分かっていたし、とうてい納得のいく詩にはならなかった。そんなわけで『キリンの洗濯』刊行前後二年間ぐらいの作品は、その大半を以後の詩集に入れることをしなかった。例えば次の作品もその一つ。

ギリギリス

夜
明りを消して
じっとフトンに横たわっていると
ぼくのどこかで
虫の
鳴く声がする

ぎりっ　ぎりっ
と
まるで歯ぎしりでもするような

ギリギリスかな
こんなに鳴いて

何か言いたいことでもあるのかな

耳をすまして
ぼくは
狭いフトンの上で　何度も
寝返りを打つ

そんな
夜
ぼくの周りで
草が
いちめんに生い茂っていく

この詩は大手衣料品メーカー・ワコールの広報誌「スパイラル」に書いたもの。掲載紙のコピーに、「一九八九年　スパイラルNO・21　9・10月号」と記しているので、まだH氏賞受賞前。こんな企業の広報誌から依頼が来たのも、既に記した朝日新聞の書評で『キリンの洗濯』が話題になっていたからだろう。

余談だが、この詩の原稿料は七万円。電話で聞いたときは、一万円の聞き違いではないかと驚いたのを覚えている。大手の新聞でも詩の原稿料は三万から五万円。商業詩誌では数千円という時代（今でもあまり変わらないが）。現在に至るまで一篇の詩でこんなに高額の原稿料をもらったことはない。さすが大企業といたく感動した。にも関わらず、この程度の詩しか送れなかったとは……。今更悔やんでも仕方のないことであるけれど。

新しいスタイルを探してもがいていたとき、ふっと思いついたのが、あいうえおの一文字ずつをタイトルにして書いていく方法だった。かなり苦し紛れの思いつきであったが、実際にやりはじめてみると意外におもしろく、筆もスイスイ運んだ。

ちょうど新しい詩誌（ガーネット）をはじめようとしていた時だったので、その創刊号に「星に唄おう」と題して「あ」から「お」までを書いて載せることにした。その最初の三篇を引用します（詩集に収めるときかなり改稿したので、詩集のものとは少し違っています）。

あ

あなたがいいって言ったから
わたし
唄だって歌ったし
えっちだってさせてあげたのに
まだ
音符が読めない
どれ　みふぁ　そら　そふぁ　そして
いいの
かなこれで
灰皿に　あなたの弁解の山

い

痛い
初めてだからやさしくしてね
という常套句に対して

空手チョップをかます
デストロイヤーは強かった
敵ながらあっぱれだった
ベッドがきしむ
こころがきしむ

う

後ろ向きから始めてしまった
ぼくら
切ることも
続けることもままならず
野にも山にも若葉が茂る
あー
えーじゃないか　えーじゃないか

こんな感じの短詩群。

詩を書くとき（小説などでもそうかもしれないが）まず最初に悩むのが一行目。どう書きはじめるか思いつくまでに時間がかかる。しかしこのあいうえお詩の場合、そんな苦労はいらない。「あ」であれば、ぱっと頭に浮かんだ「あ」の付く単語から機械的に始めることができる。後が続かなければ別の単語を選び直せばいい。そしてどんな単語を選ぶかによって、詩は全く違った方向へ進む。その自動記述的な偶発性がおもしろかった。

こういう方法を思いついたきっかけは、当時神尾和寿が「水銀から」と題した短詩の連作をやっていて、それに触発されたことがひとつ。もうひとつはそれよりずっと昔、「活用表」と題した同様の試みをしたことがあり、それを思い出したからでもあった。こちらは活用の文字を頭に置いた折句のようなもの。次はその一部。

活用表（文語編）

ラ変

らいおん逃げた

りおから逃げた
りんごを食って
るんぺんやって
れっしゃに乗って
れんげの国へ

上二段（ハ）

ひまわり咲いた
ひるの道
ふしみの
ふるい寺の跡
ふれた女が空見上げ
ひよどり真似て啼いていた

ナ変

なすびの庭で
にわとり一羽
ぬすまれた
ぬるでの赤くそまる頃
ぬれぎぬきせられ
ねをあげた

（「詩芸術」一九七八年十月号）

七五調の、言葉遊びに近いものであるけれど、詩に行き詰まったときは、こういう言葉遊び的なことをするのも頭の切り替えになっていいかもしれない。実際、このあいうえお詩はそういう役割を果たしてくれた。最初はあいうえおで終わるつもりであったが、書いているうちにおもしろくなり、結局、濁音、半濁音までを加えて合計七十の詩になった。そして書き終えた翌年（一九九三年）に『星に唄おう』と題して刊行した。

「星に唄おう」というタイトルは、詩集のあとがきにも記しているが、中学三年のときに始まったラジオ番組のタイトルに拠っている。荒木一郎というまだ二十代前半の無名の青年が自作の歌と語りで進める十五分ほどの番組だった。その当時の歌謡曲にはない新鮮な歌詞と曲に惹かれて熱心に聴いていた。その後まもなく彼は歌手としてデビューし、その年（一九六六年）のレコード大賞新人賞に選ばれ、一躍スターになった。しかしその数年後、ある事件を起こし、芸能界から抹殺された。それは許されるような事件ではなかったが、その後も彼の歌を愛する想いは変わることはなかった。

ヒット曲を連発していた頃の彼は雲の上のような存在で、会えるなんて当時は夢にも思わなかったが、この『星に唄おう』が縁で会える機会が訪れた。きっかけは彼のファンクラブの会長がこの本を書店でたまたま見つけ、買ってくれたことだった。その人からの手紙で荒木一郎本人にこの本のことを伝えてくれたことを知った。

そして二〇〇二年十二月十九日。東京・青山劇場で彼のコンサートがあり、その終了後、近くのレストランでファンクラブの主要なメンバーとの打ち上げがあった。そこに誘われて同席した。ちょうど目の前に彼が座り、せっかくいろいろと話せるチャンスだったのに、緊張してほとんど話せず、かろうじて持参した『星に唄おう』にサインをしてもらった。著書でもない本にサインをするなんておかしな話だが、彼はいやがることもなくサインをしてくれた。この本は今も大切に持っている。

少し話が先に進みすぎたので、時間を元に戻します。

前述したように「ガーネット」は一九九〇年八月一日創刊。前年に終刊した「スフィンクス考」のあと、同人だった神尾和寿を誘い二人で始めた。2号から大橋政人と嵯峨恵子が参加し四人体制になっている。大橋の方は神尾と協議の上、参加の依頼をし、嵯峨の方は公募に応じての参加だった。公募と言っても別にどこかに広告を出したわけではない。当時出ていた女性だけの商業詩誌「ラ・メール」にゲストとして作品を発表したとき、そのコメント欄に「同人募集中」と書いたら、たくさんの女性詩人から参加希望の申し出があった。その中から作品を見て一番気に入った嵯峨恵子に同人になってもらったという次第。

その後多少の出入りはあったけれど、この四人はずっと変わらず現在まで続いている。二〇二一年三月現在で93号。始めた当初はこんなに長く続くとは思ってもいなかった。いいメンバーと読者に支えられて続けてこられたのだと思う。

一九九〇年という年は、自分にとって最高の年になるはずだった。H氏賞を受賞し、ガーネットを創刊し、秋には初めてのこどもが生まれ……というふうに。でも神様は、一人の人間に一度にそんなにたくさんの幸運を与えてはくださらないようだ。

受賞から半年後の九月十八日、待望のこどもを授かった。ちょうど第二室戸台風以来二十九年振りという大型台風が接近中の夕刻で、それが今から思えば、生まれてきた子の行く末を暗示する不吉な兆しのようでもあった。

出産前からすでに腸に異常（腸閉塞の疑い）があることが分かっていた。そのため生まれたらすぐに手術をすることにもなっていた。ただそうしたことを医師から聞いたときも、それほど重大な、生死に関わるほどのことだとは思っていなかった。手術さえすれば治ると思っていた。医師の見立てもそのような感じだった。

誕生から二日後の九月二十日、腸の一部を切り取る手術が行われた。奇しくもこの日は自分の誕生日であったが、「すっかり忘れていた」と当時の日記に記している。そして日記には、「手術前の昼、病院の食堂でこどもの名前を思案の末決定する」とも記している。赤ちゃんの名付けに関する本を二冊も買って、たくさん考えた候補の中から選んだ名前は「雄介」だった。父の名前・一雄から一字取り、健康でたくましい男の子になってほしいという願いを込めての命名だった。先の名付けの本では、「多くの困難を乗り越えて、目的を達成する字画」ともなっていた。

普段、迷信や占いなど信じる方ではないが、このときばかりは神にもすがる思いだった。しかし、そんな神頼みもむなしく、生まれてきたこどもはその後、苦難の連続にさらされることになる。

手術の後も腸の動きは改善せず、術後の癒着が原因かとされた二度目の手術の後、ようやく真の病因が判明した。それは単なる腸閉塞というようなものではなく、小腸と大腸の大半に神経がないという、同様の症状の中でも極めて希なケースだと知らされた。

もうほとんど手の施しようがないと担当医から告げられたときは、言葉も出ず、ただただ助かって欲しいと祈るよりほかになかった。

その後、小腸と大腸の大半を切除する等の手術を幾度かくりかえし、何とか一命は取りとめた。とは言ってもそれで通常の生活ができるようになったわけではない。点滴によってかろうじて命を繋いでいるという状態だった。

そんなわけで、生まれてからずっと病院で過ごし、やっと退院できたのは二才八ヶ月になったときだった。

この間、頻繁な病院通いが続き、昼間の仕事もこなしつつ、原稿も追われるように書き、肉体的にも精神的にもかなり厳しい日々だった。こどもの苦痛と比べれば、何ほどでもないことではあったけれど。

そんな中、病院で接するこどもの姿は、ときどきに詩になった。例えば次のような作品。

催促

――雄介九ヶ月、四度目の手術の前に

春の土から
草が萌え出すように
小さな歯茎から
小さな歯が二本
生えてきた

何か
噛むものをちょうだい
と
まるで催促でもするように

それにまだ
応えられないのが
つらい

スタイルなど何も考えないスケッチふうの作品。
こうしたこどもを描いた詩が、数年後、あふれるように湧いてくる日が来るとは、このときはまだ知る由もないことだった。

（「びーぐる」51号 二〇二一年四月発行）

『星に唄おう』

『キリンの洗濯』出版前後　③新たな出会い

人と人との出会いというのは不思議なものだと思う。生まれてから死ぬまで、数えきれないほどの人と出会うけれど、その中で深く交わることになる人は数えるほどにしかいない。そうして、そうした人たちとの出会いは決して偶然ではなく、宿命的なものだとさえ思われてくる。恋人、伴侶、恩師、友人……。

まど・みちおさんとの出会いも、そんな出会いのひとつだと言える。

主宰誌「ガーネット」の3号（一九九一年四月）で「いい詩が読みたいッ！」という特集を組み、その中で僕は他誌に掲載されていたある高等盲学校の女生徒の作品を引用し、絶賛した。「ここには詩の本質が明瞭に示されているように思う。／引力を〈地球の用事〉と見立てた〈発見〉。これによりこの作品はそんじょそこらの技術だけの作品よりよほど良質の詩となっている」というふうに。

発行後、何人かの読者から、これはまど・みちおさんの作品だと指摘されて驚いた。ずっと最初に目にした掲載誌の〈○○高等盲学校の生徒の作品〉というのを信じ込んでいたから、自分にとっては青天の霹靂だった（掲載紙では○○の部分は明記されていたが、右のような事情で伏せ字にしています）。

すぐにまどさんに事の経緯を書いたお詫びの手紙を出した。数日後、鄭重なご返事をいただいた。そこには、「こういうことはもうしょっちゅうあって、老人の私はその子からラブレターを貰ったみたいに喜んでいるのです」と書かれてあった。なんと心の広い人なんだろうと感激し、それから手紙のやりとりなどを通じたお付き合いをさせていただくようになった。

この出会いからずっとのちの話になるが、一九九九年の春頃、それまで一面識もなかった岸田衿子さんからとつぜん電話をいただいた。電話の用件は、この年創設される童謡詩の賞の選考委員になってもらえないかという依頼だった。ありがたい話だったが、それにしてもなぜ自分に？　と理解ができず理由を聞くと、まど・みちおさんの推薦だと言われた。衿子さんがまどさんに誰か適任者はいないかと相談したところ、僕の名を挙げられたとのことだった。

この賞「柳波賞」は、「うみ（うみはひろいな大きいな）」や「おうま（おうまのおやこはなかよしこよし）」などの童謡で知られる詩人・林柳波を顕彰するために生地である群馬県沼田市が創設したもので、二十年以上を経た今も続いている。

創設時の選考委員は、自分と衿子さん、そしてもうひとり、「ぐりとぐら」の絵本で知られる中川李枝子さんの三人だった。

この三人体制が十年近く続いたが、二〇〇八年、衿子さんが体調不良から選考委員を辞され、それから数年後に中川さんも高齢を理由に辞された。その後、土屋文明記念文学館元館長の岡田芳保さんと女優の黒木瞳さんが加わり、現在はこの三人体制になっている。

衿子さんは二〇一一年四月に八十二歳で亡くなり、まどさんもその三年後の二〇一四年二月に百四歳で亡くなった。

まどさんとは二十年以上のお付き合いだが、遠方ということもあり、実際にお目にかかったのは一度だけ。

一九九三年五月三十一日。最寄り駅（小田急向ヶ丘遊園地駅）の指定された喫茶店でお会いした。まどさんこの時八十三歳。こちらは四十一歳。親子以上の歳の差であったが、まどさんは親しい友人のように接してくださった。僕が農学部出身だという話でもしたからか、植物の話で盛り上がった。そのときのことが今も懐かしく思い出される。

まどさんと会う日がこの日になったのは、他に二つほど所用があって上京したからだった。

まず上京日の五月二十九日に劇作家高取英の公演「邪宗門」（作・寺山修司）を観劇。これは彼と親しかった木野まり子に誘われたからだった。高取さんとはこれを含めて二度ほど会っているが、ほんの立ち話程度であったためか、あまり記憶には残っていない。同い年だが、二〇一八年に六十六歳で亡くなっている。ネットで検索すると、劇作の他、詩集や評論・エッセイ集なども出し、更に大学の教授も務めるなど多岐にわたって活躍していたことが知られた。今の平均寿命からすれば早すぎる死が惜しまれる。

次の日の夜は、上野公園の旧奏楽堂で催された歌曲の演奏会に行った。「まほらま会」という歌曲の創作を行っている作曲家グループの定期公演で、拙作に附曲した歌もここで発表されるということで招待されていた。そして、これが主目的の上京でもあった。

曲を付けられたのは『キリンの洗濯』所収の「ぷかぷか」と「明日は天気」の二作。作曲は矢野好弘氏。今では多くの作曲家が拙作に曲を付けてくださっているが、これが曲を付けられた初めてのことだった。

演奏会の後、会場に来てくれた在京の知人たちと飲み会をした。日録を見ると、七人の名前が並んでいる。金原瑞人、月刊「MOE」編集部のI、大下さなえ、宮尾節子、折原拓、中本道代、奥野祐子。このうち大下さなえさんと折原拓さんはこの日が初対面だった。

大下さんは金原さんに誘われての参加で、当時詩を書いていたが、現在はほしおさなえ名義で小説家として活躍している。夫は思想家の東浩紀さん（というようなことは今回調べて初めて知った)。

折原さんはこの少し前に詩集をもらったのが縁で僕の方から誘ったのだったと思う。本業は邦楽を中心とした現代音楽の作曲家で、こちらは本名の角篤紀で活動している。妹さんはピアニストの角聖子さん。CD『お父さんのためのピアノ・レッスン』で一九九六年第38回レコード大賞企画賞を受賞されている。

金原さんについては前にも書いたが、『キリンの洗濯』が出た年、朝日新聞の「ヤングアダルト招待席」という書評欄で本書を紹介してくれた英米文学の翻訳家。これが縁で会うようになり、このときまでに数度会っている。またずっとのちの話になるが、この金原さんの娘さんが、二〇〇四年に『蛇にピアス』で芥川賞を受章した金原ひとみさん。この授賞式のとき、「MOE」編集部のIさんが彼女に、「高階さんがあなたを抱っこしたことがあるのよ、覚えてる?」と聞いたら、「覚えていない」との返事があったと、後日Iさんから聞いた。そりゃあそうだろう。こっちだってそんな古いことは覚えていない。

日録を見ると、一九九一年八月に上京した折、Iさんと僕ともうひとり(名前不詳)の三人が金原さん宅に泊めてもらっている。「抱っこした」のはこのときだろう。ひとみさんはまだ三つか四つぐらいだったかな、と思って彼女の生年を調べたら、一九八三年八月八日となっている。としたらそのとき八歳。これはちょっと意外だった。それにしてもなぜ抱っこなんかしたんだろう？　うーん、思い出せない。

話が横道にそれたので元に戻します。

毎年二回、柳波賞の関係で上京している。この上京時に在京の知人たちと飲み会を開くのだが、金原さんと折原（角）さんは今も常連のメンバー。ふたりはこの飲み会が縁で親しくなり、一緒に三味線の教室に通ったりしていた。このことは金原さんも自身のエッセイ集（『翻訳家じゃなくてカレー屋になるはずだった』二〇〇五年牧野出版）で書いている。あれから二十年近くになるけれど、今も続いているのかな？


この年（一九九三年）の十月には詩の朗読会に出演した。

場所は大阪の中之島中央公会堂で、出演は詩人の福間健二と、当時小説家としてデビュー間もない辻仁成の三人。僕を指名したのはたぶん福間健二だったのだろう。

これはイベント会社による興業で、出演依頼はこのイベント会社から来た。そしてここにはちょっとおもしろい話がある。

依頼の電話を受けて、その担当者と会うことになった。場所はこちらが指定して、勤めていた万博記念公園内のホテルオオサカサンパレス（二〇〇四年にホテル阪急エキスポパークと改称し、二〇二〇年二月に営業終了）のロビー。約束した時間にいくと、彼は既に待っていた。

こんにちはと挨拶すると、向こうも「あ、どうも」という感じで返事をしたが、まだ誰かを待っている様子。そこで彼のいたテーブル席に座り、「高階です」と言うと、彼は驚いたようにこちらを見た。それもそのはず、彼と僕とは仕事の関係で以前からの知り合いだったのだ。

　当時僕は人事異動で緑地課から公園内のイベントなどを担当する部署に移っていた。彼の属するイベント会社も公園内でのイベントをよく行い、当時も打ち合わせなどでしょっちゅう顔を合わせていた。しかし、こちらは当然のことながら本名で仕事をしていた。彼から朗読会の依頼の電話があったときも、こちらはすぐに彼だと分かったが、彼はまさか今電話をしている相手がいつも会っている人間だとは思わなかったのだろう。事情を説明するとやっと分かってくれたようだった。

　そのようなことを経て、朗読会当日。

　舞台袖から見ると、会場は満席だった。収容人数が何人ぐらいの会場だったか覚えていないが、百人以上の客が入っていたように思う。福間健二も辻仁成もこうした場は慣れていたのだろうが、こちらはこのような舞台は初体験。とても一人では場が持ちそうもないのであらかじめ助っ人（？）を手配していた。詩誌「交野が原」の発行人・金堀則夫さんとの縁で知り合った詩人の美濃千鶴さん。一緒に朗読をしてもらえないかとお願いし、受けてもらえたので本番当日まで何度か練習をした。詩はふたりで掛け合いができるような恋愛詩をいくつか選んだ。

そうして本番。ドキドキしながら舞台に上がり、なんとか無事に終えることができた。

帰りにはタクシーが用意されていた。こんなことも初体験。タクシーの周りにはまだ会場から出てきた人が多くいた。タレントなんかが楽屋から出てくるのを待つファンの「出待ち」という言葉があるが、そんな感じで、女性が多く、おそらくミュージシャンでもあった辻仁成のファンたちだったのだろう。そんな中、タクシーに乗り込もうとした僕の前に一人の若い女性が進み出て、「握手をしてください」と言った。一瞬、辻仁成と間違えているかのと思い、「僕ですか?」と思わず聞き返した。彼女は「はい」と答えた。知らない女性から握手を求められたのもこれが初めての体験だった。

初物づくしの朗読会。その夜は辻仁成の友人（大阪在住）宅で深夜まで酒を飲んだ。ここでもいろいろとおもしろい話があったが、それはプライベートなことなので、ここでは書くのを控えます。

『キリンの洗濯』刊行後、このように多くの人と新たに出会うことになり、そこからまた知人の輪も広がっていった。

それから三十年以上の月日が流れ、今もまだ付き合いが続いている人たちもいれば、いつのまにか疎遠になってしまった人たちもいる。ときおりどうしているかなと思うことはあるけれど、あえて連絡を取ろうとは思わない。出会うのが必然であるように、離れていくのもまた必然のことであるのだろう。

（「びーぐる」52号 二〇二一年七月発行）

【附記】

ちょうどこの原稿をまとめていたところ、福間健二さんの訃報に接した。脳梗塞により、二〇二三年四月二十六日に急逝。一九四九年生まれで享年七十四。福間さんとはここに書いた朗読会のほか、三度か四度ほど会ったことがある。二度目に会ったのは、確か彼の監督した映画「急にたどりついてしまう」が大阪の映画館で上映されたとき（一九九五年）だったと思う。生前それほど親しく接したわけではないが、彼の若い頃の詩は好きでした。

『早く家《うち》へ帰りたい』　旅の終わり

大学を卒業する前頃から一人旅への憧れが強まった。これはやはり三好達治や立原道造といった四季派の詩人たちの影響が多分にあったようだ。

大学を卒業した年（一九七五年）の春、勤めが始まるまでの休みを利用して、まず伊豆へ旅をした。最初の一人旅の行き先になぜ伊豆を選んだのか。今となっては定かではないが、これも三好達治の影響があるようだ。昭和の初め、達治は伊豆の湯ヶ島に転地療養していた親友の梶井基次郎を度々見舞っている。これについては達治の年譜に次のように出ている。

「（昭和二年）三月には、梶井を湯ヶ島に見舞い、滞在中の川端康成を知る。十日余り滞在し、帰りは下田から沼津に廻った。詩集『春の岬』巻頭の歌「春の岬」は、この海路中の作である」（旺文社文庫『三好達治詩集』より）

この文中の〈詩集『春の岬』巻頭の歌「春の岬」〉とあるのは間違っている。正しくは達治の処女詩集『測量船』巻頭の歌である。詩集『春の岬』は昭和十四年に出た達治のそれまでの詩集を収めた合本詩集であり、その巻頭には「春の岬」ではなく別の序詩が記されている。それはともかく、三好達治の詩集を初めて手にしたのはこの文庫であるので、春の伊豆への旅もこうした文章に促されるところがあったのだと思う。ちなみに「春の岬」は次のような歌である。

春の岬旅のをはりの鷗どり
浮きつつ遠くなりにけるかも

大学卒業前にもっとも親しくしていた友人二人に相次いで裏切られるような出来事があり、そうした怒りとも悲しみともつかぬ思いを抱いて向かった春の伊豆への旅でもあった。最初の宿泊地は伊豆の南端・石廊崎《いろうざき》。その岬の先端に立つ灯台に行ったとき、同じように一人旅の女性と出会った。歳は同じくらい。どちらから声をかけたのか覚えていないが、一人旅の者同士、引き寄せ合うものがあったのだろう。話が弾み、どういう話の流れからか、その子がこちらの泊まっている宿まで来ることになった。部屋で二人きりになり、恋愛小説ならここで何事か始まるのだろうが、何事もなく、少し話をしただけでその子は帰っていった。互いの連絡先を交わすこともなかった。このときのことを今でも少し悔やんでいる。何事もなかったのは、純情であったと言うようなきれい事ではなく、ただ単に臆病であったからにすぎない。何しろそれまで女性と付き合ったこともなく、デートらしきことはしたことがあったけど、せいぜい手を繋ぐのがやっとだった。仮に女性との経験があったとしても、民宿の部屋で昼間から男女の関係に及ぶというようなことはなかったと思うが。それでももう少し違った展開になっていたかもしれない、と思えば悔いが残る。しかし、結果としてはそれでよかったのだろう。青い海と白い灯台と少女。そんな美しい映像が記憶の片隅に刻まれたのだから。

石廊崎の翌日は、半島を北上し、中伊豆の湯ヶ野に泊まった。この温泉地は川端康成の「伊豆の踊子」の舞台になっていることで知られている。自分が泊まった民宿の人から、向かいの宿が川端さんが滞在されていた宿ですと教えられ、橋を渡ってその宿を見に行った記憶がある。しかし、今回その宿（福田屋）の周辺をネットの地図で調べると、福田屋の向かいにあるのは湯本楼という旅館が一軒あるのみ。自分の泊まったのはもっと小さな民宿だったような気がするので、もうその宿はつぶれてしまったのかもしれない。

翌日は湯ヶ野から更に二十キロほど北にある湯ヶ島温泉に宿泊した（正確には温泉の中心地より二キロほど南にある浄蓮の滝あたりに宿泊）。この湯ヶ島温泉こそ前述したように梶井基次郎が転地療養した場所であり、滞在していた川端康成と出会った場所である。川端の年譜を見ると、湯ヶ野に滞在していたのは学生時代に訪れたときであり、作家となってから執筆活動の拠点としていたのはこの湯ヶ島温泉の方だった。川端の常宿していたのは湯本館という旅館で、今もその部屋は資料室としてそのまま保存されている。一方、梶井が滞在していたという湯川屋が湯本館からどのくらいの位置にあったのか調べたら、ずいぶん前に廃業し、当時の建物は現存していないことが判明した。ただ調べる過程でつげ義春もこの宿に泊まっていたことが判明した。著書の『貧困旅行記』にそのくだりが出てくる。昭和四十二年八月九日のこと。

〈一泊めは湯ヶ島の美しい世古峡に面した「湯川屋」に投宿した。湯ヶ島は初めてだったが好《よ》いところだと思った。湯ヶ島に着く前に見てきた修善寺温泉とくらべると、景色は格段に秀《すぐ》れ静かで、とくに湯川屋のあたりの渓谷美は、梶井基次郎が賛美を惜しまなかったという。（中略）翌日宿を発《た》つとき「うちには昔、梶井基次郎先生が滞在しておりました」と聞き、思いがけなく思った。〉

（「伊豆半島周遊」より）

つげ義春が好きで、この本もずいぶん前に読んでいたが、記憶からすっぽり抜け落ちていた。タイトルが「貧困旅行記」となっているように、川端の常宿していた湯本館と比べると、安い宿だったのだろう。前述のくだりの最後に「一泊千五百円だった」と記されている。自分が泊まった民宿がいくらだったか覚えていないが、旅行前に買った交通公社のガイドブック（昭和四十九年版）には、湯ヶ島の民宿の値段が「一泊二食付き千九百円」と記されている。つげが泊まったときより七年ほど経っているので、物価上昇率を考えれば、湯川屋は民宿より少し高いぐらいの旅館だったようだ。

翌日の三月十三日に帰宅。

初めての一人旅を無事に終え、それから半月後の三月三十一日から四月五日まで、今度は九州へ向かった。長崎から熊本の水俣を経て、鹿児島、宮崎、そしてまた熊本の阿蘇へと至るほぼ九州を一周する五泊六日の旅だった。

最初に長崎へ行ったのは、旅行雑誌などで見るその異国情緒に惹かれてのことだったのだろう。グラバー邸だったかで買った絵ハガキには吉井勇など歌人の歌が写真と共に載っていて、それらにも強く惹かれた記憶が残っている。今、その絵ハガキを探したら奇跡的に出てきた。何枚か使ったのか、残った四枚の中の一枚に、記憶通り吉井勇の歌が記されていた。

わたり来し黒船恋し君恋し長崎の夜はものの恋しき

「恋し」と言えば、彼の代表作とも言える「かにかくに祇園はこひし寝《ぬ》るときも枕の下を水のながるる」を思い出す。吉井勇という人は過ぎし日の物事を「恋しく」思う質の強い人であったのかもしれない。

明治四十年（一九〇七年）、与謝野鉄幹率いる木下杢太郎、北原白秋、平野万里、吉井勇ら一行五人が九州を旅し、その折に長崎や天草を訪れている。北原白秋の処女詩集『邪宗門』はこのときの旅に触発されて書かれたものだとのちに知った。明治の世では長崎や天草の異国情緒は詩心を震わせるに十分なものであったようだ。

長崎を発ち、次の日は水俣市の湯の児温泉に泊まった。この温泉のことはほとんど記憶に残っていないが、着いた当日かその次の日か、自転車を借り、水俣の海岸線を走ったときの映像が記憶に鮮明に残っている。眼下に広がる美しい海を見ていたら、この海であの忌まわしい水俣病が発生したとはとても思えなかった。

水俣と共に印象に残っているのは宮崎の西都原《さいとばる》古墳公園。園内には大小さまざまな古墳が点在し、ちょうど春だったので菜の花がいちめんに咲いていた。園路沿いの桜も満開で、古墳と合わせたその風景は美しい絵画のようだった。日が暮れ、暗くなると桜がライトアップされ、その下で宴会をしている人々の姿が浮かんだ。こちらは離れた場所からその賑わいを見ていた。ひとりであるということが、切ない感傷を伴って実感された。

この二つの旅以後、一人旅の魅力にすっかりはまり、勤め始めてからも職場の休みを利用して年に一度か二度ひとりで旅をした。北海道や東北への旅も印象に残っているが、おおかたは信州への旅だった。

そしてこの旅は結婚後も続いた。

一九八九年（平成元年）に再婚し、その翌年の九月にこどもが生まれた。このときのいきさつは前々号（51号）に書いた。重度の障害を負って生まれてきて、一年のうちに何度も手術をし、生死の境を彷徨った。当然のことながら、気ままな一人旅など断念せざるを得なかった。

生まれて三年目の初夏（一九九三年五月）にはやっと退院の許可が出て、我が家で一緒に暮らせるようになった。と言っても完全に治ったわけではなかった。何しろ小腸の全部と大腸の大半を切除しているので点滴の世話にならなければ生きていけない。そんな状態での退院だったので、その後も病院へは頻繁に通った。それでも危険な状態は脱して、日増しに元気になっていった。一緒にいろんな場所へ遊びに行けるようにもなり、翌年の春には幼稚園にも通えるようになった。八月の終わりにはプールへ行ったりもした。もう大丈夫、このままなんとか育ってくれる。そう思って気がゆるんだのだろう。九月三日から二泊三日の予定で信州へ旅に出た。

そうして戻ってきたら、こどもが死んでいた。

そのときのことを詩に書いた。長い詩（全四章）なので最初の一章だけ記します。

旅から帰ってきたら
こどもが死んでいた
パパー　と迎えてくれるはずのこどもに代わって
たくさんの知った顔や知らない顔が
ぼくを
迎えてくれた
ゆうちゃんが死んだ
と妻が言う
ぼくは靴をぬぎ
荷物を置いて
隣の部屋のふすまをあけて
小さなフトンに横たわったこどもを見
何を言ってるんだろう
と思う
ちゃんとここに寝ているじゃないかと思う

枕元に坐り
顔を見る
頬がほんのりと赤い
触れるとやわらかい
少し汗をかいている
指でその汗をぬぐってやる
ぼくの額からも汗がぽたぽた落ちてくる
駅からここまで自転車で坂道を上がってきたから
ぬぐってもぬぐっても落ちる
こどもの汗よりも
ぼくは自分の汗の方が気になった
立ち上がり
黙って風呂場に向かう
シャワーで水を全身に浴びる
シャツもパンツも替えてやっとすっきりとする
出たら

きっと悪い夢も終わってる
死んだはずがない

（「早く家《うち》へ帰りたい」1）

帰ってきたときの状況はほぼこのままである。

この詩をガーネット14号（一九九四年十二月一日発行）に発表したとき、何かの詩誌評で、「いくら詩がフィクションだと言ってもこどもが死んだなどと書くのは不謹慎だ」などというようなことを書いている人がいた。淡々とした書きぶりのせいか、事実だとは思ってもらえなかったようだ。

事実と言えば、こどもの死の前後、不思議なことが起こった。それこそ信じてもらえないことかもしれないが、その出来事をガーネットの同じ号に書いている。抜粋して記すと、おおよそ次のようなことである。

〈旅に出て二日目の朝、目が覚めたら横に置いていたデジタル表示の腕時計の文字盤が消えていた。電池が切れたのかなと思ったが、翌朝、止まっているのを忘れて何気なく時計を見たら、また表示が出て動き出していた。

その日の夕方家に帰るとこどもが亡くなっていた。妻に亡くなった時間を聞くと、昨日の朝六時頃だと言う。それはちょうど腕時計の文字盤が消えているのに気がついた頃だった。何百キロも離れた地にいるぼくに、それが、自分の死を知らせようとしたこどものサインではなかったかと思えてきた。それから次々と、同様のサインに似たことが思い出されてきた。旅に出る朝、夏だというのに突然風邪の徴候が現れ始めたこと。こどもが死んだ夜、その風邪が最悪に達し、咳や洟が出てほとんど眠れなかったこと。時計が再び動き出したのがこどもへのお土産を買った後だったこと、など。単にこれらを偶然と言えば言えるかもしれないが、ぼくにはどれもこどもの死と絡み合って生じたことのように思われた。

階下に息子とよく遊んでいた一つ年下の男の子がいて、その子が、息子が死ぬ前の晩、玄関の扉を指さして、「ゆうちゃんが来た」と親に言ったという話を後から聞いた。もちろんその子の親には息子の姿は見えなかったし、息子も訪ねていったりはしていない。これも不思議なことと言うほかない。

それまで非科学的なことを信じたりしなかったけれど、この一件以来、少しそうしたことも信じるようになった。この宇宙には何か人間の理解を超えた大きな力が働いているんだろう。そしてそれを人は〈神〉という名で呼んでいるのかもしれない。〉

こどもが亡くなった後、詩があふれるように湧いてきた。生前のこどもとの思い出が詩の形になって湧いてきて、次々とそれをノートにメモしていった。そしてそれらをさまざまな詩誌に発表していった。

そうして十数篇ができたとき、こどもが亡くなる前に発表していたものと合わせて一冊の詩集にまとめたいと思った。

出版社は『キリンの洗濯』以後親交のあった児童出版社の偕成社にお願いすることにした。この詩集は一般の詩書出版社から出したくなかった。詩としてどうかというような批評に晒されたくなかったからだった。

偕成社の人に原稿を見せたところ、出版の快諾を得た。

そうしてこどもの死からたった一年で詩集は刊行された。発行日は一九九五年十一月（日付はなし）。詩集名は、先に引用した詩と同じ「早く家《うち》へ帰りたい」とした。できあがってきたものを見たら、望月通陽《みちあき》さんの版画が随所に散りばめられていて、絵本のような仕上がりになっていた。とてもステキな装幀だと思った。届いた中から一冊をこどもの遺影の横に立てかけた。

初版三千部。

このような私的な出来事を綴ったものは売れないだろうを思っていただけに、この発行部数には驚いた。詩の世界では自費で三百部か四百部作り、その大半を謹呈して終わり、というのが普通だったから。また、この詩集に関しては、先に記したのと同じ理由で詩人にはごく親しい人たちにしか送らなかった。そのため詩誌などで取り上げられることはほとんどなかった。それにも関わらずこの詩集はよく売れた。翌年には二千部増刷された。現代詩とは無縁の人たちに広く受けいれられたのだった。

出版社から送られてきた読書カードのコピーには、「生きる意味や命の重さについて考えさせられた」というようなことが記されていた。読者の多くは本書を単なる個人のこととしてではなく、普遍的な「いのち」の意味を問うものとして読んでくださったようだ。それは作者にとって思いもかけぬありがたいことだった。

本書が刊行されてから十年近く経った頃だろうか、こちらにぽつぽつと本書についての問い合わせが来るようになった。そちらに残部はないでしょうかという問い合わせだった。どうやら出版社でも在庫が尽きているようだった。アマゾンで調べると、中古の価格が二万円近くに跳ね上がっていた。しばらくは手元にある在庫をお譲りしたりしていたが、それもやがて尽きた。

それからまた数年過ぎた頃、どういうわけか同様の問い合わせがまた多く来るようになった。そこで発行元の偕成社に増刷の打診をしたところ、無理との返事があった。これ以上増刷しても売れる見込みがないと判断されたのだろう。それで諦めていたところ、二〇一二年の暮れ、思わぬ転機が訪れた。近代詩を多くの人に広めようと活動しているぴっぽさんから、彼女が毎月開催しているポエトリーカフェにゲストとして参加してもらえないかという打診があった。柳波賞の授賞式が例年二月のところ、主催者の都合で十二月末に早まり、それを伝えたところ、「その前日にちょうど会があり、そこで高階さんの詩をテーマにしたいので」とのことだった。

そうして十二月二十二日(土)に上京し、会場へ行くと、そこに夏葉社の島田潤一郎氏がいた。夏葉社は今や著名な出版社だが、当時は創業間もない頃で、こちらはまったくその名を知らなかった。会が始まる前、会場の外でタバコを吸っていると、氏が近づいてきて、『早く家へ帰りたい』を復刊したいと言う。唐突かつ意外な申し出に驚いた。三十代半ばぐらいの若い人だった。聞けば、知人からこの本を薦められて読み感動したとのこと。これをぜひ自分の所で復刊したいと言う。静かだが熱意のこもったその話しぶりに、ありがたく申し出を受けることにした。

それからの氏の仕事は早かった。幾度かの打ち合わせを経て、翌年の四月にはもう刊行された。初版二千五百部。赤いクロス貼りの表紙で、偕成社版とはまったく装いの違った造本であったが、こちらが条件として出した望月通陽さんの版画がそのまま使われていて、偕成社版同様気に入った(註・この詩集も数年後には在庫がなくなり、二〇一九年に白い表紙の新装版が刊行された)。

島田氏がこの本の絶版を知った経緯にはまたいくつかの偶然の重なりがあった。長くなるのでここでは述べないが、このような多くの偶然の重なりが本書を今に至らしめていることを思うと、やはりここには何か不思議な力が働いているように思われてくる。たった三つで亡くなったこどもが、生きていれば出会えたはずの多くの人に向かって、ぼくはここにいるよ、見て見て、と無邪気に手をさしのべているような……。

ゆうぴー　おうち

平成六年九月四日、雄介昇天。享年三。

せまい所にはいるのが好きだった
テレビの裏側
机の下
本棚とワープロ台とのすきま
そんな所にはいってはよく
ゆうぴー　おうち
と言っていた

まだ助詞が使えなくて
言葉は名詞の羅列でしかなかったけれど
意味は十分に伝わった
最近は
ピンポーン　どうぞー　というのを覚え
「ゆうぴー　おうち」の後に
ピンポーン　と言ってやると
どうぞー
とすきまから顔を出し
満面笑みであふれんばかりにしていたが……

今おまえは
どんなおうちにいるんだろう
ぼくは窓から顔を出し
空の呼鈴を鳴らす

ピンポーン

どこからか
どうぞー　というおまえの声が
今にも聞こえてきそうな
今日の空の青

（「びーぐる」53号 二〇二一年十月発行）

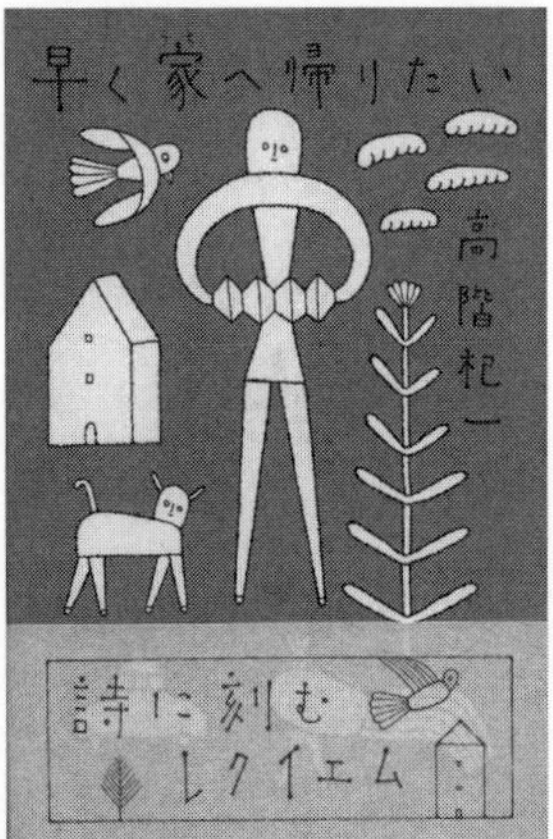

『早く家へ帰りたい』（偕成社版）

エピローグ――〈ここ〉ではない〈どこか〉へ

自分の詩には「空」や「遠い」といった言葉がよく出てくる。これは書きはじめたときからの傾向のようだ。初期詩篇を見直すと、次のような詩があった。

指切り

暖かくて
小さくて
そればかり思い出せて……
指を辿ると　いつも

すうっと
白い空。

（「礎」6号所収）

これは「残像短章」と題した三篇の中の一篇で、もう一篇にも「空」が出てくる。
同じ時期（一九七三年二月）に書いた次の作品には「遠い」が出てくる。

雲

ねえ　こんなはなし
しってる?
笛吹きのビリーが
雲をおいかけて
とおくとおくいったって

（「礎」7号所収）

これも「絵本」と題した三篇の中の一篇。

二十一歳から詩を書きはじめたから、どちらも書きはじめて直後の作だと言える。拙いのはしょうがないとして、こんな最初期から両方の言葉が出てくるというのは少々意外だった。

これはどういう理由によるのだろう。

「空」も「遠い」も此所ではないどこか、手の届かない場所を指している。何かそうした場所に憧れざるを得ないものが自分の中にあるのだろうか。

と考えていて、ふっと、ガーネット同人の神尾和寿が拙著『高階杞一詩集』（二〇〇四年、砂子屋書房・現代詩人文庫1）の巻末「詩人論」に書いてくれた文章を思い出した。いみじくも彼はそこで次のように述べている。

〈(第一詩集『漠』所収の「石像」と第二詩集『さよなら』所収の「約束」を挙げ）これらの作品からたとえば太古への郷愁を読みとるばかりでは、その魅力を狭めてしまうことだろう。気がつけば、〈ここ〉にいるのである。そして、この根本的事実に対する必然性や整合性がさっぱり欠落しているのである。と同時に、そこがどのようなところであるのかは分からないものの、ともあれ〈ここ〉ではない〈どこか〉が思われている。こうした連関は、高階が随意に案出したものではない。むしろ、〈ここ〉ではない〈どこか〉へと憧れざるを得ないよう、〈何か〈誰か？〉〉に高階は強いられているのである。〈どこか〉は、空間や時間の尺度では測り得ない異質の遠さのなかにある。「約束」の契りは、水平的な遠さのなかで成立しているのではない。〉

もしこの神尾の推論が正しいとすれば、「〈ここ〉ではない〈どこか〉へ」と自分を強いている〈何か〉とは何だろう？

そもそも自分は強いられているのだろうか？

この詩集の「詩人論」にはほかに藤富保男さんと、本誌編集同人山田兼士の論考も掲載されている。共に神尾と同様「約束」を通して（山田の方は同題の別の詩だが）拙作の内面を探る試みをしている。参考までにそれぞれの該当箇所を引いてみる。

約束

空の深みに
ひとつの椅子がある

誰もみなとうに忘れてしまったのに
爬虫類や魚類よりずっと昔から
椅子はそこで
待っている
大きな荷物をかかえて
その人が
いつか
帰ってくるのを

「痩せましたね」
「すっかり遅くなってしまって……」

この詩ともう一篇、『夜にいっぱいやってくる』所収の「どこかで犬が」という詩を引き、藤富さんは次のように述べている。

〈両方の詩には偶然空に椅子がある。彼の好む語の一つは空（そら）である。そして偶然のも

う一つ空（クウ）でもある。（中略）彼の中にひそむ寂寥感にぼくは大いに魅力を感じたことを忘れない。〉

という具合に「空」に言及されている。

一方、山田の方は次のように述べている。

〈詩集『キリンの洗濯』に頻出する意図的な茫漠感とそこから漂ってくる寂寥感は、早くも第一詩集『漠』（一九八〇年、青髭社）において明確に意識されていた。「漠」という表題がこのことを示しているし、巻頭作品にもまた、「遠い昔」の寂寞たる光景が描かれている。

忘れていることが
憶いださなければならないことが
何かあるような気がしてくる
おまえの顔を見ていると
遠い昔
巨大な太陽の下を
三觭竜や始祖鳥に追われ

おまえのそばを走り抜けた時
ぼくは裸で
大切な約束でもしてきたようだ

（「石像」全文）

（中略）

「遠い昔」の「大切な約束」というモチーフは、『漠』から十七年後に刊行された詩集『春'ing』でも、「今から何十億年か前／そんな／遠い昔からの約束のように／今　ぼくが　ぼくという形になって／ここにいる／／ふしぎだ」（「約束」）と、繰り返されていて、この詩人のいわばオブセッションであることがわかる。〉

これら三者の主旨をおおまかにまとめれば、「空」「遠い（どこか）」→「寂寥感」という図式になっていて、それを引き起こすものとして「約束」が仮定されている。神尾の論考では更に踏み込んで〈「約束」の契り〉となっている。「約束の契り」と言えば、旧約聖書の「約束の地カナン」などが想起されるが、もちろんそれは神尾の言うようにそんな水平的に特定された場所ではない。

ここで最初の疑問に戻る。

「〈ここ〉ではない〈どこか〉へ」と自分を強いている〈何か〉とは何だろう？　そもそも自分は強いられているのだろうか？

この疑問に答えるかのように、神尾はさらに続けて次のように述べている。

〈〈どこか〉は孤立の世界ではない点も、もう一つの特徴である。それどころかむしろ、〈どこか〉にこそ本当に皆がいるはずだという確信が、多くの作品からうかがわれる。ただし、そこでは、〈ここ〉でのように各自が何らかの役割を背負って限定された関係のなかで出会っている、のではない。一人も一匹も一個も洩らさずに、ただの皆がただただそこにいるところの〈どこか〉が夢見られているのである。〉

この部分を再読し、第一詩集『漠』のあとがきを思い出した。そこに自分は次のように書いている。

〈わたしの詩には人物はほとんど登場しません。出てくるのは自分と、たまに虫や犬や猫、そしてその周りにひろがる殺風景な景色ばかりです。これは毎日の見なれた風景、その人と物とでいっぱいの風景に対する反動だと自分では思っています。「日常」という小さな容器の中で、定員以上の人や物がひしめき合って、毎日、朝から晩まで互いの存在をすりつぶし合っている、そんな気がしてなりません。だから、わたしの詩にはせめても人や物がはいりこんで来ないようにしたいのです。こここそがわたしにとって唯一の安息所なのですから……。〉

一見神尾の言っていることと矛盾しているように見えるが、根底では同じことを言っているようにも思える。

ひとりになりたいという思いは人間関係の煩わしさやその束縛から逃れたいという思いから生じたりするが、その一方で、多数によって構成されている集団の中で自分だけ疎外されているのではないかという不安や恐れから生じることもある。例えば何かのパーティで、誰からも話しかけられず、自分だけその場で浮いていると思えるような時、そんな時はこんな場所から早く出てひとりになりたいと思ったりすることがあるのではなかろうか。孤独は一人の時よりも集団の中において生じる。言い換えれば、他者を意識したときに初めて孤独という感情が生じる。

神尾の言う「一人も一匹も一個も洩らさずに、ただの皆がただただそこにいるところの〈どこか〉が夢見られているのである。」というのも、そのようなことだと捉えれば納得がいく。つまり個々の関係性が取り払われた〈場〉がここでの〈どこか〉であり、あとがきにおける「安息所」と言える。完全な一人きりの世界ではなく、〈皆〉がいて、それでいて何らの束縛も疎外も感じない世界。そうした場所を希求する気持が、「空」や「遠い」という語の頻出に現れているのかもしれない。

ここまできてやっと〈どこか〉の概要が明らかになったが、まだ最初の疑問には答えられていない。〈どこか〉へと自分を強いている〈何か〉とは何か？　なぜ自分は〈ここ〉ではない〈どこか〉を求め続けているのか？　その答を得るには、詩を書きはじめる前にまで時間を遡る必要があるようだ。

人間の精神形成に幼少期の体験が重要な影響を及ぼしているとよく言われる。イギリスの精神科医R・D・レインはその著書『ひき裂かれた自己』（みすず書房）において次のように述べている。

〈小児が対自存在の始まりを展開するのは、母親との最初の愛のきずなによってである。母親がまず子供に世界を〈媒介〉するのは、このきずなを通してである。（本書P267）〉

だからといって他の家族の構成員が重要でないというのではなく、後続する諸段階においては、「父親や他の重要な大人たちが、子供との直接的な関係において、あるいは母親への影響を通じて間接的に、子供たちの人生に決定的な役割を果たす」とも述べている。

この説に従えば、芸術家においては幼少期の体験がその作品に影響を及ぼしていることになる。

ここで二人の詩人のことが思い起こされる。三好達治と丸山薫。

達治は六歳の時、長男であるにもかかわらず他家へ養子に出され、その後、長男では入籍できないと分かったためか、まもなく祖父母の家に移される。そうして十一歳の時にやっと実の父母の元へと帰る。

三高時代からの親友で、達治を詩へと導いた丸山薫は、国家公務員であった父の赴任に伴って幼少期から各地を転々とする。その場所に慣れたと思ったらまた別の土地へ移っていく。学校へ通う頃ともなると、転校の繰り返しは子供にとってつらいことであったに違いない。

こうした生い立ちがその後のそれぞれの作品の方向を決定づけたと言える。顧みて、自分はどうだろう。養子に出されたわけではないし、各地を転々としたわけでもない。それでも思い出せば、幼少期の家庭環境になにがしかの問題があったのではないかと思われてくる。

物心ついたときから母は共働きで日中家にいず、祖母が母の代わりのようなものだった。まだ戦後の今ほど豊かではない時代、狭い市営住宅に一家六人（父母、子供二人、祖母、叔父）が暮らしていた。父は短気で、怒るとすぐに手を挙げた。自分もちょっとしたことで殴られては押し入れに閉じ込められた。暗い押し入れの中で泣きながら、大きくなったら仕返ししてやると思ったりもした。

母もよく父から暴力を振るわれていた。それで何度か家を出ていったこともある。何歳の時か定かではないが、母に手を引かれ、堤防へ行った記憶がある。辺りは暗く、川は黒々と流れていた。そのとき母は自分を道づれにして死のうと思っていたのではないかと、振り返って思ったりもする。

そのときの記憶を元に次のような詩を書いた。

川

ずうっと昔、母と二人で川を見ていたことがある。冬のことだったのか春のことだったのか今はまるで覚えていない。母はわたしの手をひき、黙って、ただ暗くなっていく川面を見つめてた。わたしはおなかが空いて早く家へ帰りたかった。それで母が、帰りたいかと聞いた時、わたしはすぐにうんとうなずいた。母はわたしの顔を見た。じいっと長い間見つめてた。川原の草がゴワゴワと恐いくらいになってた。風の強い日だったのだろう。母はわたしの手をひいて家へ戻っていった。あの時、わたしがもしも帰りたくないと答えていたら、母はどうしたろう。どこへ行くつもりだったのだろう。

川辺に立つと今でもその日のことをふっと思い出す。その日、母がどんな気持で川を見つめていたかも分る。母とわたしには同じ川が流れてる。でも、わたしはあきらめたりしない。いつかこの川を横切って向う岸へ行ってみたいと思う。向う岸からこちらを眺めてみたいと思う。

（『キリンの洗濯』所収）

向う岸と言えば普通「彼岸」を想起するが、この詩では明らかにそうではない。今読むと、この「向う岸」は、ここまで書いてきた「遠い〈どこか〉」を指しているように思われる。理不尽な仕打ちや束縛から解放され、静かに安らげる場所。

「約束」は、生まれるよりも前、そうした場所で誰かと交わしたものであるのかもしれない。どんな約束であったか覚えていないけど、遠い記憶の彼方からその約束が絶えずよみがえってくる。

遠いもの
こんなにも　ぼくを誘う

遠いもの

呼ばれるように
ぼくの海からも
帆を上げて　船が出ていく

答をさがして
遠い
水平線の
向こうへ　向かって

（ガーネット94号「水平線」より）

（「びーぐる」54号二〇二二年一月発行）

【附記】

本誌「びーぐる」を共に編集発行してきた山田兼士が二〇二二年十二月、食道癌のため亡くなった。享年69。そして「びーぐる」は山田の死と共に長い航海を終えることになった。二〇二三年四月、59号をもって終刊。

あとがき

本書は詩誌「びーぐる　詩の海へ」の34号から54号まで21回にわたり連載したものをまとめたものである。

33号まで連載していた「詩歌の植物」が終了したあと、さて次はどんな連載をしようかと考えあぐねていたとき、一冊の古びた大学ノートが目にとまった。それは連載一回目の最初の所で触れているが、まだ詩を書きはじめた頃、気に入った詩を書き写していたノートだった。それをパラパラとめくっていたら、当時のことが懐かしく甦ってきた。そこでこのノートを題材にして何か自分の青春記的なものが書けるのではないかと思いつき、始めたのがこの連載だった。

当初は第三詩集『キリンの洗濯』刊行前後（三十代後半）まで書いて終えるつもりであったが、最終的に第五詩集『早く家《うち》へ帰りたい』刊行後の四十代初め頃まで書くことになった。青春記としては歳が行き過ぎているように思えるが、ここまで書いたのは、『早く家へ帰りたい』という詩集の刊行が、自分の青春の終わりを告げるひとつの区切りになったように思えたからだった。

　青春記というのはおもしろい。いろんな作家の自伝的なものをこれまで多く読んできたが、若い頃を描いた部分が一番おもしろい。みんなジタバタしている。夢だけはいっぱいあっても、自分がまだどれだけのものか測りきれなくて、不要に悩んだり、嘆いたり、そうかと思うと自信過剰で有頂天になったりしている。そうした姿は傍から見ると、滑稽でおもしろい。その滑稽な姿がまさに若い日の自分の姿と重なって、共感したりもする。

　本書に書いた私的なあれこれは、大家の青春記と比べれば、貧しくつまらないものであるかもしれないが、青春の入り口に立ち、何かに向かって一歩を踏み出そうとしている人たちに、多少の励ましになるかもしれない。こんな才能のない人間でも、ひとつのことをずっと続けていれば、それなりに夢の扉に近づくことができるのだと。そんなふうに思って本書を読んでもらえたらと思う。

二〇二三年　若葉の頃　高階杞一

は行

ま行

や行

ら行

R

さ行

た行

な行

人名索引

あ行

か行

高階杞一（たかしな・きいち）
1951年　大阪市生まれ。
1975年　大阪府立大学農学部園芸農学科卒。
主な著作
詩集『キリンの洗濯』（第40回Ｈ氏賞）『早く家《うち》へ帰りたい』『空への質問』（第４回三越左千夫少年詩賞）『いつか別れの日のために』（第８回三好達治賞）『千鶴さんの脚』（第21回丸山薫賞）『水の町』『夜とぼくとベンジャミン』『ひらがなの朝』『空から帽子が降ってくる』（松下育男との共著）『高階杞一詩集』(ハルキ文庫)他
詩画集『星夜《せいや》　扉をあけて』（絵・浜野 史）
散文集『詩歌の植物　アカシアはアカシアか？』
共編著『スポーツ詩集』（川崎洋・高階杞一・藤富保男）。
戯曲「ムジナ」（第１回キャビン戯曲賞入賞）「雲雀の仕事」他
所属　日本現代詩人会、日本文藝家協会、日本音楽著作権協会（JASRAC）

セピア色のノートから
きいちの詩的青春記

二〇二三年七月一〇日発行

著　者　高階杞一
発行者　松村信人
発行所　澪　標《みおつくし》
大阪市中央区内平野町二‐三‐十一‐二〇三
ＴＥＬ　〇六‐六九四四‐〇八六九
ＦＡＸ　〇六‐六九四四‐〇六〇〇
振替　〇〇九七〇‐三‐七二五〇六
印刷製本　亜細亜印刷株式会社
ＤＴＰ　山響堂 pro.